本书获宿迁学院文理学院学术专项资助

丁辉 著

经典重读
——现代文学阅读札记

山西出版传媒集团
北岳文艺出版社
·太原·

图书在版编目（CIP）数据

经典重读：现代文学阅读札记 / 丁辉著；向继东主编 . — 太原：北岳文艺出版社，2025. 1. — ISBN 978-7-5378-6975-1

Ⅰ．I206.6-53

中国国家版本馆 CIP 数据核字第 2024PY2237 号

JINGDIAN CHONGDU——XIANDAI WENXUE YUEDU ZHAJI

经典重读——现代文学阅读札记

丁辉　著

出品人 郭文礼	出版发行：山西出版传媒集团·北岳文艺出版社 地　址：山西省太原市并州南路 57 号　邮编：030012 电　话：0351-5628696（发行部）　0351-5628688（总编室）
选题策划 谢放	传　真：0351-5628680 经销商：新华书店
责任编辑 谢放	印刷装订：山西万佳印业有限公司 开　本：890 mm×1240 mm　1/32
书籍设计 张园	字　数：171 千字　印张：8.25 版　次：2025 年 1 月第 1 版 印　次：2025 年 1 月山西第 1 次印刷
印装监制 郭勇	书　号：ISBN 978-7-5378-6975-1 定　价：58.00 元

本书版权为本社独家所有，未经本社同意不得转载、摘编或复制

中文系啊，中文系[1]（代自序）

青山遮不住，毕竟东流去。我以文字"捣乱"的历史算来也有些年头了，当年白嫩美的班花现在也都成了五十出头的准老太婆，还"夫复何言"呢！

距今差不多三十年前，我上大学中文系一年级，教我们文学理论课的是黄炳老师。他那时已快退休，我们是他教的最后一届学生，用的教材还是20世纪50年代的老版本。听了他两次课后，我就开始逃课，躲到图书馆里去读当代小说。我那时正痴迷何士光、马原、洪峰，当然还有莫言。入学不到两个月，

---

[1] 原刊《齐鲁晚报》2019年3月12日。收入本书时有改动。

我就在校报上发表《文学理论课应有文学的当前意识》，不知天有多高、地有多厚地"叫嚣"："革命的现实主义和革命的浪漫主义相结合已经无法解释80年代的文学现象。"如众所并不周知，那时正是舆论界的凛冬时节，我的疯言疯语竟然能见诸报端，亦一大奇！校报二版的编辑是名教授萧兵先生的夫人周俐老师。她那时就认定我能吃"文章"这碗饭。她的一时"眼拙"可说误我至今。

然我对当代文学课也同样不买账。有一回考试，有一题：请简述陆文夫小说的特点。我因头一晚病酒，交了白卷，于是平生第一次挂科。我向当代文学李老师发难：这样的题目叫陆文夫本人做，他也会傻眼，是不是？这说明这些所谓"知识"本身就很可疑，是不是？还有，那些把"陆文夫小说的特点"答得头头是道的同学，他们多数连陆文夫的一篇小说都没读过，这本身就很荒唐，是不是？而我是读过陆文夫差不多所有小说的，这很难得，是不是？

三十年过去了，我还记得当代文学李老师面对我的质问时因无奈而苦笑的表情。其实他也不容易，夫人没正经工作，在汇通市场摆摊卖服装，他白天上课，晚上还要到夫人的摊位上帮忙。现在我当然为我那时的少年意气追悔莫及。

大学毕业十年后，我也把自己混成了人模狗样的大学老师，在中文系讲现代文学课程。每教一届学生，我其实都有担心，担心碰到像当年的我那样的傻学生。一年一年地庆幸，十多年过去了，可说庆幸已倦，隐隐的担心已转为隐隐的期待——像我当年那样的傻学生依然没有出现。

想来也不奇怪。现在的学生虽说还谈不上精致，然已熟稔于利与害的核算。开罪手握考试杠杆的专业课老师这种明显"害己"的事情为什么要去做呢？！本应顶花带刺的小黄瓜的年龄，成熟与世故却比我这个年及半百的老师犹有过之。

有一年期末考试期间，我在图书馆遇到本系一男生。我说：没有考试？他说：刚考完古代文学。我说：都考了什么呀？他说：比如有一题，《离骚》的艺术特点。我说：你答得怎么样？他说：还行。我说：你读过《离骚》吗？他说：没。我说：你连《离骚》都没读过，你要知道《离骚》的艺术特点干什么？！这个学生最后是满腹狐疑，落荒而逃——我讲的是他从未领教过的另外一套"话语"。

作家韩少功一次到一所大学演讲，顺便问在座的济济一堂的中文系本科生、硕士生、博士生，谁读过三本以上法国文学？（约五分之一的学生举手）谁读过《红楼梦》？（约四分之一的学生举手）少功先生感叹：我相信那些从未读过一本法国文学，没有读过《红楼梦》的学生已做过上百道关于法国文学，关于《红楼梦》的考题，而且一路斩获高分，否则他们就不可能坐在这里。问题在于，那些试题就是他们的文学？想知道，为什么中文专业最好混吗？去翻翻中文专业的考题吧！都是陈丹青先生所谓的"鸟知识"啊！"知识"被运用到这种程度就是"反知识"！既然凭借这些"知识"就可以斩获高分，安全毕业，在一个实用主义被普遍遵行的时代，想要学生去读原著、原典有多么难就可想而知了。

李白、杜甫该算是中文系学生最熟悉的古代诗人了吧，其实就作品而言，大多数学生对李、杜的了解仅仅停留在中小学语文课上学过的那几首。然这些都不要紧，只需知道李白是浪漫主义，杜甫是现实主义，李白是潇洒飘逸，杜甫是沉郁顿挫，什么样的题目都可就此胡扯。姑不论用"浪漫主义""现实主义"这两个在西方18世纪、19世纪才出现的概念，来硬套中国8世纪的两个诗人，根本上就是概念的错置；把李白、杜甫视为两途，也不符合李杜创作的实际。于李杜的作品读得稍多一点，不难发现，李白和杜甫写得最好的诗风格其实是非常相近的，皆具雄浑壮阔的气象，所以他们才能共同代表盛唐气象。我一直认为杜甫的伟大胜过李白。首先，对后世的影响，李白不及杜甫。再者，同为雄浑壮阔，李白一辈子基本上没有缺过钱，能雄浑壮阔，只可谓天才；杜甫一生饥寒交迫，颠沛流离，而犹能及此，除了天才外，非有人格和心灵的伟大莫办。

然而，我们还不能说学生错了，因为那么多"知识"都明明白白写在教材里，白纸黑字，铁证如山。就如我目前正在用的《中国现代文学史》教材，在谈到徐志摩诗歌的艺术特点时，总结出四点：一曰构思精巧，意象新颖；二曰韵律和谐，富于音乐美；三曰章法整饬，灵活多样；四曰辞藻华美，风格明丽。第一点所谓"构思精巧，意象新颖"纯是正确的"废话"，这八个字可以用在任何一个有点成就的诗人身上；第二点所谓"韵律和谐，富于音乐美"，用在闻一多身上也是可以的呀，我们最起码还可以举出一打"韵律和谐，富于音乐美"的诗人；至于"章法整饬，灵活多样"也并非徐志摩独有，这八个字用在闻一多先生身上也可以，而且更贴切，另外还有刘半农先生、卞之琳先生等等；至于"辞藻华美，风格明丽"更非徐志摩所独有，汪静之、戴望舒、朱湘，这个名单还可以列得很长。也就是说，教材所谓的徐志摩诗歌的四个"艺术特色"，竟没有一点是徐志摩诗歌所独有，怎么成了徐志摩诗歌的"艺术特色"？而学生哪怕连徐志摩的一首诗也没读过，只须记住这四点所谓徐志摩诗歌的"艺术特色"，即可回答考卷上的关于"徐志摩诗歌的艺术特色"的简答题。我也许真的太愚，实在搞不懂这样的"知识"究竟有什么用？！

然这些"知识"又是我们赖以养家糊口的饭碗，所以，我尚无勇气在端着传授"知识"的架子之余，跟学生负责任地说一句：这些东西除了方便用来考试之外，非唯别无他用，亦且有害；考完试，赶紧忘掉！

如今的高校教材已成一巨大的产业，虽然中文专业教材的平庸和僵化世所共见，但因为牵涉诸多利益链条而绝难撼动。出版社赖此赚得盆也满钵也满；名教授"挂名"主编借此进入"中产阶级"；教师有了"照本宣科"之"本"；学生也乐得"拥抱教材"，安全毕业。似乎是一个多方共赢的局面。但究竟谁输了呢？不知道。我是真的不知道，不是知道而故意不说。

学生不去读课内、课外的文学原典，就势必在习得越来越多的"文学知识"，让大脑变成各类"文学知识"的垃圾场的同时，与文学渐行渐远。

然板子若打到学生身上，学生也冤！不要说无读书的兴趣，就算有，哪来时间！跟我们当年上中文系有大量的课余时间读小说不同，现在的中文系学生整天忙于上课，如同赶场。贯彻各种教育方针的措施只开课一途，譬如上面要求培养学生的"创新"精神，那就开设"创新思维训练"课程，于是我们当年连听都没听说过的各种名目的课程赫然进入中文系的课程列表。课余时间本就少得可怜，还要应付各种名目的检查、考核、评比，"被驱不异犬与鸡"，每一种考核评比背后都有"先进"的教育理念作为依据。

好玩的是，学生根本没有时间读书，提倡读书的各种活动又层出不穷，拍成照片，摆在橱窗里；更好玩的是，学生根本没有时间读书，统一印制的读书笔记，又人手一本，按期上交。不读书，或基本上不读书的同学，因读书笔记做得好，"惨遭"表扬，已是"司空见惯浑闲事"。

至于运动式、场面化的读书活动，我的"腹诽"是，世间所有美好的感情，都是不事张扬的。如果我喜欢读书（我一直怀疑，不敢自承），那也是我跟书之间的秘密，这个秘密是那么美好，所以只适合收藏。

目 录

一 文本的细读与深读（代绪论）   / 1
二 《野草》：绝望与反抗绝望   / 11
   爱夜的心情   / 11
   反抗绝望的精神投射   / 18
     附录   / 30
三 《阿Q正传》：文本的遥接历史与沟通现实   / 40
   分而治之   / 40
   "很满意"   / 43
   各取所需   / 45
   "反低俗"反的是什么？   / 47
   绝顶便宜   / 50
     附录   / 53

四　《伤逝》：最清醒的现实主义　　/ 73
　　　附录　/ 84

五　现代经典散文教学札记二题　/ 95
　　朱自清《背影》的背影　　/ 95
　　从三味书屋里那幅画说起　　/ 99
　　　附录　/ 102

六　《潘先生在难中》：启蒙立场与文学立场的错位　/ 106
　　启蒙的独断与障蔽　/ 106
　　文学何为？　/ 111
　　　附录　/ 116

七　《萧萧》：理论惯性与文本误读　　/ 121

八　《骆驼祥子》：作者意图与效果的错置　/ 131
　　自身因素与个人命运　/ 131
　　虎妞形象的接受分析　/ 137

九　《倾城之恋》：爱的能力的缺损与"回归"　/ 143
　　诗人和小说家的角色分殊　/ 143
　　白、柳姻缘：爱的能力的缺损　/ 150
　　流苏"走后"怎样？　/ 158
　　　附录　/ 166

十　《雷雨》：文本的缝隙、关捩与意义编码　/ 174
　　"三十年前"究竟发生了什么？　/ 174
　　周朴园的"原罪"与"救赎"　/ 179

十一　《哦，香雪》：一只铅笔盒的重量　/ 186

　　　　附录　／193
十二　《丰乳肥臀》：细读局部与细读整体　／197
　　　小说如何"介入"现实　／197
　　　整体结构与文化密码　／206
　　　　附录　／215
十三　王小波的"小说观"及其他　／225
外一章　生命中不能承受之重
　　　　——重读萨特《存在主义是一种人道主义》　／232

主要参考文献　／243
后记　／247

一 文本的细读与深读[1]（代绪论）

一

汉语言文学师范专业学生毕业后的选择固属多元，然基本上是两个去向：一是考研继续深造；一是到中小学从事基础教育，开启语文教师生涯。

对于选择考研继续深造的学生来讲，他们中的相当一部分或将以文学研究和文学批评为终生志业，而文本的细读与深

---

[1] 本文是笔者多年前为自己主持的校级课题"汉语言文学（师范）专业文学史教学文本细读的理论与实践研究"所写的研究报告的一部分。由今观之，理论深度显然不够，本宜藏拙；而实践层面或有可采，故权充绪论。本文与"代自序"有部分内容重合，亦维持原样，不另作处理。

读则是从事文学研究与文学批评最重要的基本功。文学研究与文学批评需建立在对文学文本进行绵密、细致的精读、细读的基础之上，否则文学研究与文学批评就成为无本之木、无源之水。事实上，脱离文本作浮泛的架空之论，一直是文学研究与文学批评写作的痼疾，这显然与研究者、批评者不具备对文学文本进行细读与深读的能力相关。

对于选择走上中小学语文讲台的学生来说，对文本进行细读与深读是他们最重要的基本功。语文教师的基本功固然有多个方面，但最重要也是最核心的基本功无疑是对文本的细读与深读。且像粉笔字、钢笔字、语言表达之类，固然也重要，但重要的程度显然远不及对文本进行精读细读的能力；且粉笔字、语言表达、普通话之类，即使早年有所亏欠，日后弥补也不难，唯有文本的细读与深读，一旦早年形成知识缺损，日后再想弥补就难上加难。它或将伴随一个语文教师的职业终生，制约着一个语文教师的职业发展。著名的语文教育家于漪就讲，"文本解读是语文教师的'坎'，要陪伴语文教师一辈子。语文教师要立得起来，就必须跨过这道坎"[1]。

语文教师不具备对文学文本进行细读与深读的能力，其危害有二。其一，离开了教学参考书，就不知道该给学生讲什么，教语文变成"教教参"。举例来说，鲁迅的小说《故乡》写的自然是个悲剧，但在小说快要结束的时候，作者写了这样

---

[1] 于漪：《语文教师的文本解读》，《中小学教材教学》2015年第2期。

一个细节：我跟闰土之间虽然已经"隔了一层厚障壁"，无法交流，但我的侄儿宏儿和闰土的儿子水生两个小孩子却"很快就玩到了一起"。笔者在中学里听了不下五位语文教师教授《故乡》，在讲到这个细节的时候，都跟三十多年前我上初中时，我的语文老师教给我的一样，向学生明确："鲁迅把希望寄托在下一代身上"，或"鲁迅从下一代身上看到了光明与希望"。几十年下来竟雷同一响，显然都来自教学参考书的"教诲"，而不是执教者直接面对文本的心得，让人感喟。鲁迅作为绝望而深刻的思想者，怎么可能如此轻率地乐观！其实，语文教师如果具备对文学文本进行细读、深读的能力，很容易就可从这个细节中发现问题，而只有有了真问题，才有真学问，也才有真语文，那就是：我跟闰土的昨天，不就是宏儿跟水生的今天吗？我跟闰土的今天，何尝不会是宏儿跟水生的明天？这样一想，非但下文的"我想到希望，突然害怕起来"一句的含义得以落实，鲁迅深刻的悲观与怀疑所包含的精神力量也呼之欲出。诚如汪晖先生所言："闰土和'我'其实都在祈祷着偶像，那便是或者'切近'或者'茫远'的希望。这是一种沉重的'重复'与'循环'的感觉。"[1]

其二，造成语文课堂文学教育的长期缺席。在这种情况下，语文教育的人文性目标也就无法真正达成。语文教师之于文学文本，与普通阅读者不同。对于普通阅读者而言，能识得

---

[1] 汪晖：《反抗绝望：鲁迅及其文学世界》，河北教育出版社，2000，第193—194页。

文学文本之"妙",从而受到熏陶、感染就行了;而语文教师却不仅要能识得文本之"妙",还要能识得文本所以"妙"的原因,并在课堂上引导启发学生真正领略文学文本的精微幽邃处、撼人心魂处,从而在真正意义上提高学生的文学鉴赏力、理解力及阅读品位。即如散文名篇《背影》的教学,长期被局限在"表现父子情深"上。这固然兼顾了对学生的"孝亲""感恩"教育,但于《背影》的真正魅力却可说是一种遮蔽。如果语文教师具有对文学文本进行细读与深读的能力,很容易即可抓住关键语句,并结合朱自清与其父亲的恩怨纠葛,让学生明白:《背影》的真正魅力不在"父子情深",而在文字背后一个中年人的深愧、自责与叹息,是面对生活的无力感与沧桑感,是人生的沉重与感伤。[1]

二

对文学文本细读与深读的能力既然如此重要,汉语言文学师范专业的文学史教学本应承负起对学生进行这方面能力培养的责任,然事实情况却是,脱离文本,或把文学文本知识化、简单化已然是我们中文专业文学史教学的"传统"。

没有文学作品就没有文学史,从某种意义上说,文学史就是"文学文本史",以文学文本为中心本该是文学史教学的题

---

[1] 丁辉:《爱是难的》,漓江出版社,2014,第205页。

中之义。但长期以来，中文专业文学史教学仅止于文学史发展线索的描述，忽略对具体的作家作品的深度阐释，忽略对文学文本的精读与细读，悬置文本、架空文本、脱离文本已然成为汉语言文学专业文学史教学的痼疾。

考察并反思、检讨汉语言文学专业文学史教学中"文本"地位问题，其症状约有两端。

其一，脱离文本，悬置文本，且缺乏鼓励学生接触文学原典的学情评价体制与机制。作家韩少功一次到一所大学演讲，顺便问在座的济济一堂的中文系本科生、硕士生、博士生，谁读过三本以上法国文学？（约五分之一的学生举手）谁读过《红楼梦》？（约四分之一的学生举手）韩少功先生感叹："我相信那些从未读过一本法国文学，没有读过《红楼梦》的学生已做过上百道关于法国文学，关于《红楼梦》的考题，而且一路斩获高分，否则他们就不可能坐在这里。问题在于，那些试题就是他们的文学？读书怎么成了那么难的事？"[1]

其二，是把文学文本知识化、简单化、扁平化，从而方便纳入既有的理论阐释框架，作家及文本的复杂性则被弃置一边。举例来说，李白、杜甫该算是中文系学生最熟悉的古代诗人了吧，但其实就作品而言，大多数学生对李、杜的了解仅仅停留在中小学语文课上学过的那几首。然这些都不要紧，只需知道李白是浪漫主义，杜甫是现实主义，李白是潇洒飘逸，杜

---

[1] 韩少功：《怀念那些读书的日子》，《中国青年报》2009年1月14日。

甫是沉郁顿挫，什么样的题目都可就此胡扯。姑不论用"浪漫主义""现实主义"这两个在西方也是18世纪、19世纪才出现的概念，来硬套中国8世纪的两个诗人，根本上就是概念的错置，杨义先生在其名著《李杜诗学》中就此有精彩发挥，此不赘；把李白、杜甫视为两途，也不符合李杜创作的实际。于李杜的作品读得稍多一点，不难发现，李白和杜甫写得最好的诗风格其实是非常相近的，皆具雄浑壮阔的气象，所以他们才能共同代表盛唐气象。我一直认为杜甫的伟大胜过李白。首先，对后世的影响，李白不及杜甫。再者，同为雄浑壮阔，李白一辈子基本上没有缺过钱，能雄浑壮阔，只可谓天才；杜甫一生饥寒交迫、颠沛流离，而犹能及此，除了天才外，非有人格和心灵的伟大莫办。

　　从某种意义上讲，将作家、作品知识化，就是将作家作品浮面化、简单化。袁行霈主编的《中国文学史》在讲到杜甫诗歌的艺术特色的时候，总结出四点：一、善于对现实生活作高度的艺术概括；二、雄浑壮阔的艺术境界和细致入微的表现手法；三、杜诗在语言上有突出的成就，他的语言是经过了千锤百炼的；四、众体兼长，五言七言古体律诗绝句，无不运用自如。这四点用来描述杜诗创作的现象，都不能说错；但硬要把这四点说成是杜诗的艺术特色，就实在似是而非，很难经得起推敲。"善于对现实生活作高度的艺术概括"可以说是所有有成就的诗人都具有的写作素质，文学史上何止百千，怎么能单单视作杜诗的"艺术特色"；"雄浑壮阔的艺术境界和细致入微的表现手法"亦非杜甫独有，同时则有李白，稍后则有刘禹锡，在宋则有苏轼、辛弃疾，可说皆具雄浑壮阔的气象；"语言上有突出成就"更不宜视作杜诗的"艺术特色"，因为很显然，"语言上有突出贡献"古今中外何止千万。甚至可以讲，锤炼语言、臻于妙境是所有在文学史上立得住的诗人的共同追求，显然不能单单视为杜诗的"艺术特色"；至于"众体兼长"，黄庭坚确实称赞过杜甫"众体兼备"而又自铸伟辞，为后来者的进一步发展提供了各种可能，显然是就杜甫对后世的影响而言，和杜诗的艺术特色可说完全是两回事。也就是说，皇皇教材所言杜诗的四个"艺术特色"竟没有一条能真正站得住脚，如何能作为杜甫诗歌的"艺术特色"！

学生不去读课内、课外的文学原典，就势必在习得越来越多的"文学知识"，让大脑变成各类所谓的"文学知识"的聚合场的同时，与文学反而渐行渐远。

三

目前多数大学的汉语言文学专业，在学生甫入学的大一第一学期，即开设"现代文学史"和"古代文学史"课程。也就是说，学生是在基本上毫无文本积累的情况下，开始这两门重要课程的学习的。没有一定的文本接触为前提，学习的效率无疑要大打折扣。其实完全可以考虑把文学史课程移后至大二、大三，大一不开设需以文学文本积累为前提的文学史课程；在整个大一阶段，除开设通识课程及必要的专业课程外，由教师指导学生读文学原典，确保在进入文学史课程的学习之前，完成必要的文本积累。

在汉语言文学（师范）专业的文学史教学中，教师须有意识地做学生对文本细读、深读的鼓励者、引导者、示范者。

高校汉语言文学专业文学史教师同时作为文学研究者，本该熟谙对文学文本的细读与深读，然事实情况却是由于文学史教师本人在求学过程中缺乏文本细读方面的专业训练，或者由于文学史教学长期忽略、架空文本，降低了文学史学科的执教门槛，以至于大多数文学史课程的任课教师对文本细读不甚了了，也不重视，课上偶涉及文本，也只能作不痛不痒、四平八稳的浮泛之论。好在前辈学者已经就文本细读进行了卓有成效的实践探索和理论总结：陈思和先生提出关于现当代文学文本细读的"四方法"论，即"直面作品""寻找经典""寻找缝隙""寻找原型"；孙绍振先生提出文学文本细读的"审美还原"法；蓝棣之先生提出对于文学经典的"症候式分析"理论；王先霈先生率先对文学文本细读进行系统研究，总结了中外古今关于文学文本细读可资借鉴的方法资源；钱理群先生在鲁迅经典文本的细读上尤有独到见解。这些前辈学者的探索可谓文学史教师学习文本细读可以倚重的宝贵精神财富。

只有在解决了文学史专业教师在文本细读上的知识和能力缺损的前提下，才可以进一步考虑整体上改变文学史教学的现状。只有实现了文学史教学以文学文本为中心,才可以在培养师范生文本细读能力的同时,解决文学史教学的另一个长期存在的痼疾,即以论带史。文学史教学以论带史倾向的形成,首先是由于新中国成立后,受意识形态的影响,文学史的研究与教学不得不从以论带史的立场出发,将学术服务于国家意识形态的需要;到了20世纪80年代之后,情形又有不同,"一来是学术风气强化了宏观研究的必要性,二来是西方理论学说的不断引进导致了学术界盛行新方法和新理念,对文学史的理论研究逐渐取代了具体的作家作品研究,文本细读逐渐不被人们重视"[1]。

以论带史的文学史研究与教学最大的危害就是把文学文本削足适履地纳入形形色色的理论阐释框架,文学文本的复杂性则被弃置一边;而没有了对文学文本复杂性的探幽索微,文学文本的丰富性及对青年学生的吸引力都要大打折扣。即以现代文学史的教学为例,在讲到柔石的短篇小说《为奴隶的母亲》时,多是将这篇左翼文学里难得的杰作纳入左翼文学规范的阐释框架,由此,小说主人公春宝娘的农民身份、地主秀才的地主身份皆被放大,从而小说所写也就只能是一个暴露阶级掠夺和阶级压迫的故事。这样分析固然不能说是错,却使得这个文本的复杂性与丰富性大大缩水。只需稍微细读文本,我们就会从这个故事中发现很多左翼文学规范所不能解释的东西。比如

---

[1] 陈思和:《中国现当代文学名篇十五讲》,北京大学出版社,2003,第2页。

春宝娘的丈夫黄胖跟春宝娘固是属于一个阶级，应该具有阶级感情才是，但黄胖对春宝娘好不好呢？显然不好。地主秀才跟他的老婆，小说里的大娘固是属于一个阶级，但大娘对地主秀才好不好呢？显然也不好。春宝娘跟地主秀才固是属于不同阶级，但地主秀才对春宝娘，还有春宝娘对地主秀才好不好呢？小说最动人的地方可以说就是对地主秀才和春宝娘这两个人生的不幸者之间那种惺惺相惜的情感的叙述与描写。所以蓝棣之先生认为，这个文本有它的显在结构和潜在结构，"显在结构在表现阶级压迫、阶级掠夺和阶级斗争，而潜在结构似乎在叙述阶级的调和、通融与超越；显在结构在表现故事的阶级性，而潜在结构似乎在叙述人性……潜在结构并没有加深显在结构的意义，而是颠覆和瓦解了它"[1]。

　　从某种意义上来说，文学就是对人性，对这个世界的复杂性的探索与呈现；文学文本的价值相应地就决定于在多大程度上呈现了人性与世界的复杂性。我们所以提倡以文学文本为中心的文学史，就是要求在文学史的研究与教学中直面这种复杂性与丰富性，从而建构文学史与人生、与世界的对话关系，使文学史成为具有人性温度的活的文学史。

---

[1] 蓝棣之：《现代文学经典：症候式分析》，人民文学出版社，2006，第180页。

二 《野草》：绝望与反抗绝望

爱夜的心情

《野草》是鲁迅最具个人化的作品，或者如几乎是公认的那句话所言，"《野草》是鲁迅写给自己的作品"。该如何理解这句话呢？我的理解是，所谓"写给自己"，即欲对自己有所交代耳。

鲁迅曾说自己的思想里有"鬼气"，又说："我的思想太黑暗，但是究竟是否真确，又不得而知，所以只能在自身试验,不敢邀请别人。"[1]

也许正为了这种显乏自我确信的"不得而知"吧,鲁迅灵魂里的"鬼气""黑暗"在其小说及大量的杂文里虽有流露,但显然没有得到畅快淋漓的表现。

> 我自然不想太欺骗人,但也未尝将心里的话照样说尽,大约只要看得可以交卷就算完。我的确时时解剖别人,然而更多的是更无情面地解剖我自己,发表一点,酷爱温暖的人物已经觉得冷酷了,如果全露出我的血肉来,末路正不知要到怎样。[2]

欲知鲁迅未全然露出的那部分"血肉"究竟是什么,我们或可以去看《野草》。《野草》是鲁迅对"真我"的一次大胆的剖白与剖露,是一次以鲁迅自己为假想读者的披肝沥胆,是鲁迅并不讳言的自身"恶劣"情绪的一次集中释放。

有人说,鲁迅是绝望而深刻的思想者。我的感觉是,鲁迅的绝望与深刻可说互为表里——鲁迅的绝望或正源自鲁迅的深刻,所谓"病情是鲁迅看得透"(许子东语);鲁迅的深刻某种意义上或正源自鲁迅的绝望,正是在悲观、怀疑与绝望中,鲁迅显示出一种独立的思想家的深度。

---

[1] 鲁迅、许广平:《两地书》,载《鲁迅全集》第11卷,人民文学出版社,2005,第81页。
[2] 鲁迅:《写在〈坟〉后面》,载《鲁迅全集》第1卷,人民文学出版社,2005,第299—300页。

如有研究者所指出的那样，鲁迅的绝望甚至最终发展成一种"对黑暗之力的迷恋"。

在这个素来崇尚"中庸"的国度里，鲁迅显得是那么的鲜明而独特，因为他身上的诸多方面显出"极端化"倾向。鲁迅喜欢红色，但鲁迅喜欢的不会是粉红、浅红，而是那种绝对的红、纯粹的红，读过他的《女吊》的人会对此留下深刻印象；鲁迅还喜欢黑色，但鲁迅不会喜欢那种灰不喇唧的似黑非黑，鲁迅喜欢的是绝对的黑、纯粹的黑。

与这种色彩上的偏好并非毫无关联的是鲁迅对夜对黑夜的钟爱：

> 你还想我的赠品。我能献你甚么呢？无已，则仍是黑暗和虚空而已。但是，我愿意只是黑暗，或者会消失于你的白天……[1]

一般人是喜欢白天胜过黑夜的，光天化日方能让人感觉安全和踏实，黑夜则意味着恐惧与暗藏的危险；但如果这个世界过于悖谬与荒诞，情形或会有所不同。其实我们每一个人都可以尝试，在深夜里，把所有的灯都关掉，让自己为黑暗所围裹，这时我们或能像鲁迅一样，静静地体会爱夜的心情。

遗憾的是，没有人会记得在母亲子宫中是什么样一种感

---

[1] 鲁迅：《野草·影的告别》，载《鲁迅全集》第2卷，人民文学出版社，2005，第170页。

觉。如果不怕比拟不伦，置身墨也似的黑夜中，为黑暗所围裹的那份踏实、从容与安全，庶几近之：

> 夜是造化所织的幽玄的天衣。普覆一切人，使他们温暖，安心……赤条条地裹在这无边际的黑絮似的大块里。[1]

还不仅此。白天里，人或不得不戴各种面具，扮演各种角色，只有在夜晚，人才屏退喧嚣，属于自己，回到自己，白日里那陆离的一切尽褪其斑斓。这个世界最深的秘密，人用眼是看不到的，但也许能用耳朵听到，深夜扪心，万籁俱寂，却又似万籁有声。明人洪应明《菜根谭》中说："夜深人静独坐观心，始觉妄穷而真独露，每于此中得大机趣；既觉真现而妄难逃，又于此中得大惭忸。"此种况味，必为"自在暗中，看一切暗"的鲁迅所深味的吧。

> 我不过一个影，要别你而沉没在黑暗里了。然而黑暗又会吞并我，然而光明又会使我消失。
> 然而我不愿彷徨于明暗之间，我不如在黑暗里沉没。[2]

"光明"，尤其是别人许诺的"光明"，如同白天一样，

---

[1] 鲁迅：《夜颂》，载《鲁迅全集》第5卷，人民文学出版社，2005，第203页。
[2] 鲁迅：《野草·影的告别》，载《鲁迅全集》第2卷，人民文学出版社，2005，第169页。

不过是"这黑暗的装饰,是人肉酱缸上的金盖,是鬼脸上的雪花膏"[1];而黑暗与黑夜究竟是诚实的。鲁迅宁愿沉入、没入黑暗,也不愿在明与暗、是与非、希望与绝望之间模棱、依违;宁为世所憎,也不愿玲珑而为世所喜。

>   有我所不乐意的在天堂里,我不愿去;有我所不乐意的在地狱里,我不愿去;有我所不乐意的在你们将来的黄金世界里,我不愿去。
>   然而你就是我所不乐意的。
>   朋友,我不想跟随你了,我不愿住。
>   我不愿意!
>   呜呼呜呼,我不愿意,我不如彷徨于无地。[2]

"彷徨于无地"是鲁迅创造的一个独特的意境与意象。从物理的意义上讲,这句话是不通的。不要说"彷徨",就是站着不动,也总还需要两只脚掌接触地面那点空间吧。然文学有它的想象逻辑与情感逻辑,不必为形式逻辑所拘囿。偏执于物理,以物理衡量文学,就会闹笑话。明人杨慎晚年著《升庵诗话》,其中有一条涉及晚唐杜牧的《江南春》,首句"千里莺啼绿映红",就被他否决了,理由是"千里莺啼,谁人听

---

[1] 鲁迅:《夜颂》,载《鲁迅全集》第5卷,人民文学出版社,2005,第204页。
[2] 鲁迅:《野草·影的告别》,载《鲁迅全集》第2卷,人民文学出版社,2005,第169页。

得？千里绿映红，谁人见得？"，杨慎的建议是把"千里"改为"十里"。杨慎的说法果真成立，"十里"也未必就能听得到、看得到啊；若耳"闻"目"睹"方能入诗，便只好改"千里"为"十米"。"十米莺啼绿映红"，听也听得到，看也看得到，但雄浑壮阔的气象却没有了。

小杜非言"千里莺啼"，便不足呈现一种雄浑壮阔的气象；鲁迅也非言"彷徨于无地"，则不足表现他对这个世界的绝望与决绝。

> 假使我的血肉该喂动物，我情愿喂狮虎鹰隼，却一点也不给癞皮狗们吃。
>
> 养肥了狮虎鹰隼，它们在天空，岩角，大漠，丛莽里是伟美的壮观，捕来放在动物园里，打死制成标本，也令人看了神旺，消去鄙吝的心。[1]

在鲁迅创造的丰富的禽鸟的意象世界里浸淫既久，我感觉鲁迅钟爱那些天空中翱翔的大鸟，这固然不错，毕竟其笔名中，"迅"一字之取义或即鹰隼一类的猛禽（顾颉刚曾从文字学的角度，以"禹"字从"虫"，字形则为一条大虫四脚着地爬行，从而认为大禹这个人根本不存在，"大禹是一条虫"。鲁迅1927年8月17日致章廷谦信中曾玩笑道，"迅盖禽也，亦无

---

[1] 鲁迅：《半夏小集》，载《鲁迅全集》第6卷，人民文学出版社，2005，第619页。

其人"。案"迅"的本字为"卂",而"卂"实为"隼"的简笔,鲁迅的意思是,照顾颉刚的意思,鲁迅这个人也根本不存在,一只鸟耳)。然鲁迅最钟爱之禽鸟,或竟非鹰隼,而是猫头鹰。

"猫头鹰"本是别人送鲁迅的外号,以其常"凝然冷坐,不言不笑,衣冠又一向不甚修饰,毛发蓬蓬然",但看鲁迅的意思,对这个谑而不虐的外号,不仅不讨厌,毋宁很喜欢:

> 人们对于夜里出来的动物,总不免有些讨厌他,大约因为他偏不睡觉,和自己的习惯不同,而且在昏夜的沉睡或"微行"中,怕他会窥见什么秘密罢。[1]

鲁迅这里说的是蝙蝠,但自然也让人想到同样是昼伏夜出的猫头鹰。鲁迅不止一次画过猫头鹰的图画,传世的就有好几幅,钟爱之情,溢于笔锋。猫头鹰于黑暗中"睁了眼看",见衮衮诸公,由白昼移步入于黑夜,"褫其华衮,示其本相",君子们,"伸开了他的懒腰";爱侣们"突变了他的眼色";文人学士们则卸去"光天化日之下,写在耀眼的白纸上的超然,混然,恍然,勃然,粲然",只剩下"乞怜,讨好,撒谎,骗人,吹牛,捣鬼"[2]。猫头鹰为世所憎,正为它是黑暗中"睁了眼看"的夜的精灵,洞悉各样旗帜,各种外套,各种

---

[1] 鲁迅:《谈蝙蝠》,载《鲁迅全集》第5卷,人民文学出版社,2005,第212页。
[2] 鲁迅:《夜颂》,载《鲁迅全集》第5卷,人民文学出版社,2005,第203页。

花招：学问、道德、国粹、民意、逻辑、公义、文明……鲁迅就是猫头鹰——各样旗帜的拔除者、各种外套的剥去者、见招拆招的各样花招的拆解者。

> 我们听到呻吟，叹息，哭泣，哀求，无须吃惊。见了酷烈的沉默，就应该留心了；见有什么像毒蛇似的在尸林中蜿蜒，怨鬼似的在黑暗中奔驰，就更应该留心了……[1]

黑夜、黑暗与鲁迅精神世界的阴郁、孤独、沉寂、决绝互为镜像。鲁迅以"毒蛇""怨鬼"自喻、自期。他就是"毒蛇"，他就是"怨鬼"。他不属于白天，亦不属于光明。只有在黑夜这"仁厚的地母"的怀里，才能"永安他的魂灵"。

反抗绝望的精神投射

《野草》是鲁迅绝望情绪的映射，也是鲁迅"反抗绝望"的精神投射。

鲁迅开创并且代表了中国现代文学的激进战斗传统。对文学战斗性的强调，对行动、斗争、反抗的近乎偏执的坚持可说是鲁迅文学精神的内核。

但鲁迅思想背景里的行动、斗争、反抗又与通常意义

---

[1] 鲁迅：《杂感》，载《鲁迅全集》第3卷，人民文学出版社，2005，第53页。

的行动、斗争、反抗颇有不同。通常看来，所以要行动，所以要斗争，所以要反抗，自然是因为可以通过行动、斗争、反抗战胜黑暗，迎来光明；但鲁迅尽管对行动、斗争、反抗念兹在兹，他的行动、斗争与反抗显然并不以光明与希望的存在为前提。在鲁迅看来，即使明明知道前面并没有光明与希望伺候，依然要行动，依然要斗争，依然要反抗：

> 我常觉得唯"黑暗与虚无"乃是"实有"，却偏要向这些作绝望的抗战……[1]
> 你的反抗是为了希望光明的到来罢？……我的反抗，却不过是与黑暗捣乱。[2]

所以，鲁迅虽然一直被戴上"革命家"的冠冕，却始终对革命的功利与投机深怀忧惧和警惕。他说："革命，不过是争夺一把旧椅子。去推的时候，好像这椅子很可恨，一夺到手，就又觉得是宝贝了。"[3]鲁迅也由此终生看不起投机革命家。在鲁迅眼里，这些人所以行动、斗争、反抗，是因为在这些人看来，等将来革命成功了，就可以到上帝那里"排排坐，分果果"。

---

[1] 鲁迅、许广平：《两地书》，载《鲁迅全集》第11卷，人民文学出版社，2005，第21页。
[2] 同上书，第80—81页。
[3] 鲁迅：《上海文艺之一瞥》，载《鲁迅全集》第4卷，人民文学出版社，2005，第308页。

> 希望，希望，用这希望的盾，抗拒那空虚中的暗夜的袭来，虽然盾后面也依然是空虚中的暗夜。[1]

这里，鲁迅把"希望"比喻成盾牌，意思是，我用那盾牌去抗拒那黑暗，虽然明明知道盾牌后面，也是黑暗。在鲁迅深刻而犀利的冷眼看来，所有对光明与希望的许诺都背负了欺骗与蛊惑的罪名，所以最万无一失的办法就是对什么都不相信。正是这种彻底的怀疑精神赋予了鲁迅观照中国历史与现实的犀利眼光。

关键就在于，怀疑既然是"彻底"的，那么，被怀疑的就不仅有"希望"，也有"绝望"：

> 我只得由我来肉薄这空虚中的暗夜了，纵使寻不到身外的青春，也总得自己来一掷我身中的迟暮。但暗夜又在那里呢？现在没有星，没有月光以至笑的渺茫和爱的翔舞；青年们很平安，而我的面前又竟至于并且没有真的暗夜。[2]

对光明与希望的怀疑与拒斥，让鲁迅宁愿遁入暗夜，然鲁迅彻底的怀疑精神让他不仅怀疑光明，对"暗夜"也怀疑，"暗夜又在哪里呢"，竟至于怀疑"没有真的暗夜"：

---

[1] 鲁迅：《野草·希望》，载《鲁迅全集》第2卷，人民文学出版社，2005，第181页。
[2] 同上书，第182页。

绝望之为虚妄，正与希望相同。[1]

希望固是面目暧昧可疑，固是虚妄不实，自己偏执的"绝望"难道就是"真实"可信赖的？它有无可能也是虚妄的呢？鲁迅的彻底的怀疑精神使他不仅怀疑希望，他对自己的"绝望"也怀疑，这一"彻底"为鲁迅的生命开辟出新的出路、新的进境。有研究者把鲁迅的文学世界总结为"阴暗而又明亮"（汪晖语），又有研究者把鲁迅的情感世界描述为"冰与火"（钱理群语），可说都是非常准确而形象的。鲁迅虽时时为悲观、绝望的情绪所裹挟，却不仅未沉陷入无边无涯的颓唐的泥淖，反而不时地让我们感受到他的生命的热烈与伟岸。鲁迅曾以诗句"曾惊秋肃临天下，敢遣春温上笔端"自况，而事实在鲁迅那里毋宁是"虽经秋肃临天下，时遣春温上笔端"的。"无论什么黑暗来防范思潮，什么悲惨来袭击社会，什么罪恶来亵渎人道，人类的渴仰完全的潜力，总是踏了这些铁蒺藜向前进"[2]，"他们因为所信的主义，牺牲了别的一切，用骨肉碰钝了锋刃，血液浇灭了烟焰。在刀光火色衰微中，看出一种薄明的天色，便是新世纪的曙光"[3]，"青年又何须找那挂着金字招牌的导师呢？不如寻朋友，联合起来，同向着似乎可

---

[1] 鲁迅：《野草·希望》，载《鲁迅全集》第2卷，人民文学出版社，2005，第182页。
[2] 鲁迅：《生命的路》，载《鲁迅全集》第1卷，人民文学出版社，2005，第386页。
[3] 鲁迅：《圣武》，载《鲁迅全集》第1卷，人民文学出版社，2005，第373页。

以生存的方向走。你们所多的是生力，遇见深林，可以辟成平地的，遇见旷野，可以栽种树木的，遇见沙漠，可以开掘井泉的"[1]。这样的句子"多么雄壮，多么勇敢，多么充满信心"[2]，简直具有一种"虽千万人，吾往矣"的气概，让几十年之后的王元化回忆起来依然激动不已。

也许唯一真实的只有"虚妄"，"鲁迅以'虚妄'的真实性同时否定了'绝望'与'希望'，把生命的全部意义归结为人的现实抉择：'肉搏这空虚中的暗夜'，从而构建了一套即便面对双重的'绝望'与'虚无'也能据以生存和抗战的哲学"[3]。

于浩歌狂热之际中寒；于天上看见深渊。于一切眼中看见无所有；于无所希望中得救。[4]

四个分句皆以"于"字起头，形式上的"并列"掩盖了暗含的因果关系。

"于浩歌狂热之际中寒"。鲁迅是轻率的乐观主义的死敌。别人兴高采烈、"浩歌狂热"之际，他却已然洞穿"造化的把戏"，看到潜伏的危险。他主张"个人的自大"，反对

---

[1] 鲁迅：《导师》，载《鲁迅全集》第3卷，人民文学出版社，2005，第59页。
[2] 王元化：《人物小记》，东方出版中心，2008，第18页。
[3] 汪晖：《反抗绝望：鲁迅及其文学世界》，河北教育出版社，2000，第177页。
[4] 鲁迅：《野草·墓碣文》，载《鲁迅全集》第2卷，人民文学出版社，2005，第207页。

"爱国的、合群的自大",而"爱国的、合群的自大"常借以表现的形式也正是"浩歌狂热",这样的"浩歌狂热",在鲁迅看来,不过是"张目摇舌"、"一阵乱噪",正导引我们进于"灭绝"的路途。

"于天上看见深渊"。鲁迅的最后十年诚然是思想"左倾",同情革命,但鲁迅的疑惑是"将来就没有黑暗了吗"。鲁迅说:"我疑心将来的黄金世界里,也会有将叛徒处死刑。"[1]根本不可能有什么"止于至善",历史永远不会终结。鲁迅晚年不止一次地被问过诸如"等将来革命成功了,你会怎样"的问题,他每次的回答也不一样。有一次他的回答是:"你们来到时,我要逃亡,因为首先要杀的恐怕是我。"[2]鲁迅总能在历史的演进尚不明朗之时,即已洞见历史"理性"的荒谬与残酷,小说《药》只是这种洞见的未必全面而彻底的表达罢了;另有一次,鲁迅的回答是"乞红背心扫上海马路耳"[3]。虽近于有口无心的笑谈,却让我们几十年之后读来犹悚然而惊。

"于一切眼中看见无所有"。若问中国人多属于什么党?鲁迅的回答必是:做戏的虚无党。源自鲁迅《马上支日记》:

---

[1] 鲁迅、许广平:《两地书》,载《鲁迅全集》第11卷,人民文学出版社,2005,第20页。
[2] 冯雪峰:《回忆鲁迅》,载《雪峰文集》第4卷,人民文学出版社,1983。
[3] 鲁迅:《致曹聚仁(340430)》,载《鲁迅全集》第13卷,人民文学出版社,2005,第87页。

什么保存国故，什么振兴道德，什么维持公理，什么整顿学风……心里可真是这样想？一做戏，则前台的架子，总与在后台的面目不相同。但看客虽然明知是戏，只要做得像，也仍然能够为它悲喜，于是这出戏就做下去了；有谁来揭穿的，他们反以为扫兴。

要寻虚无党，在中国实在很不少；和俄国的不同的处所，只在他们这么想，便这么说，这么做，我们的却虽然这么想，却是那么说，在后台这么做，到前台又那么做……。将这种特别人物，另称为"做戏的虚无党"或"体面的虚无党"以示区别罢。

"做戏的虚无党"，概括、描画得真是太好了。我在课上讲到这里，忍不住又"近取诸身"——

我曾就各种名目的运动式读书活动，发过一条朋友圈：我相信人世间所有美好的感情都是不事张扬的。美好的感情，比如真正的爱情，必带着羞感。所以我向来的意见是，喜欢读书是我跟书之间的一个秘密，这个秘密是如此美好，只适合收藏。

我对各种运动式、场面化的读书活动不感冒的又一原因，毋宁是我像鲁迅一样，从那么多人的眼中"看见无所有"。不读书或基本不读书的人于主席台上，正襟高坐，谆谆教诲人们"多读书，读好书"。套用鲁迅的话，什么以书为友，什么读书明理，什么书香致远，嘴上说的跟心里想的可曾一样？

"做戏的虚无党",眼里常是"无所有","对什么也不信从"的。衮衮诸公最喜欢的就是劝年轻人"读经",则鲁迅差不多一百年前即已有言在先,供我们后世人拨云见日、醍醐灌顶:"(中国的)古书实在太多,倘不是笨牛,读一点就可以知道,怎样敷衍,偷生,献媚,弄权,自私,然而能够假借大义,窃取美名。"[1]

正因为能常"于浩歌狂热之际中寒","于天上看见深渊","于一切眼中看见无所有",所以才认定"无所希望"。"不抱希望",或才是真正的得救之道。

写到这里,我想起了法国作家加缪——又一个主张人应该不带着希望去行动的思想者。他在他那本有名的哲学小册子《西西弗的神话》中说,"促使人去劳作和行动的一切思想都利用了希望。这样,唯有真正无效的思想才是真正不欺骗的思想",如果我们不去希望,"就不会再有任何虚浮的东西"。[2]

在古希腊神话中,西西弗因为得罪了诸神,被诸神惩罚往山上推一块巨石。然而,每当他用尽全力,将巨石推近山顶时,巨石就会从他的手中滑落,滚到山底。西西弗只好走下山去,重新将巨石向山顶奋力推去,日复一日,陷入了永无止息的苦役之中。加缪把西西弗的故事视作关于人类现实困境的寓

---

[1] 鲁迅:《十四年的"读经"》,载《鲁迅全集》第3卷,人民文学出版社,2005,第138页。
[2] 加缪:《西西弗的神话》,杜小真译,广西师范大学出版社,2002,第64页,第66页。

言。加缪有着作家中少见的俊逸、秀美的仪容，谁知道如此俊秀的仪表下竟然包裹着一颗斗士、战士的心。人生是荒谬的，如同西西弗面对的"徒劳"与"无意义"，但人所以为人，即在于对荒诞与无意义的挑战与反抗。加缪说："西西弗，这诸神中的无产者，这进行无效劳役而又进行反叛的无产者，他完全清楚自己所处的悲惨境地……造成西西弗痛苦的清醒意识同时也造就了他的胜利。不存在不通过蔑视而自我超越的命运。"[1]

鲁迅于1936年去世，加缪则在1960年，也就是他获得诺贝尔文学奖三年后，死于巴黎近郊的一场车祸。现在他们对于我们而言都是"古人"了。在另一个时空里，在那个"从不曾有一个旅人回来过的神秘之国"，他们会相遇吗？他们若相遇，哪怕一言不发，也会相视而笑，莫逆于心的吧。

有人说，贝多芬是音响艺术王国里的西西弗。如此，鲁迅则可称是现代中国的西西弗。

"反抗绝望"并非后世研究者对鲁迅精神与人格的概括，而是鲁迅对自身精神与人格的自我确定与自我命名，源出1925年4月11日，就《野草》中《过客》一篇的精义，答复赵其文的信：

《过客》的意思不过如来信所说那样，即是虽然明知

---

[1] 加缪：《西西弗的神话》，杜小真译，广西师范大学出版社，2002，第114页。

前路是坟而偏要走,就是反抗绝望,因为我以为绝望而反抗者难,比因希望而战斗者更勇猛,更悲壮。[1]

《过客》通篇只有人物对话,可说是以剧本的形式写成。主人公"过客""黑须,乱发",显然有鲁迅自己的影子。"过客"从"能记得的时候起"就在"走",后来不断有人告诉他,前面是"坟";然"过客"明明知道前面是"坟",而"偏走",义无反顾,别无选择:

然而我不能!我只得走。我还是走好罢……。(即刻昂了头,奋然向西走去……夜色跟在他后面。)[2]

这里的"坟"显然象征了我们人类每一个个体都将面对的人生的终局。如《红楼梦》中所言"纵有千年铁门槛,终须一个土馒头",把这个比喻继续朝下做,难免是让人灰心的,因为,如果每一个人最后都"终须一个土馒头",岂不意味着我们每一个人到头来都一样,都将成为"馒头馅"?

"必死性"在人类所有悲剧性体验中最具灼伤力,它是纠缠每一个人类个体的对于"无意义"的焦虑的源头。"《过客》在'走'与'死'之间构成荒诞的主题:结局(坟)否定

---

[1] 鲁迅:《致赵其文(250411)》,载《鲁迅全集》第11卷,人民文学出版社,2005,第477—478页。
[2] 鲁迅:《野草·过客》,载《鲁迅全集》第2卷,人民文学出版社,2005,第199页。

了过程的意义",但过客,或者说鲁迅的选择是"以'走'的方式与终局奋斗",尽管"奋斗无非意味着靠近终局,而不存在超越(坟场)的可能"。[1]

已有研究者注意到鲁迅的精神人格和萨特的存在主义之间的精神联系。萨特的代表性作品固然多发表在鲁迅去世之后,鲁迅不可能与闻;但公认的存在主义的三大思想先驱:尼采、克尔凯郭尔、陀思妥耶夫斯基,他们的作品,鲁迅都是非常熟悉并且心仪的。

萨特的存在主义的思想原点是"存在先于本质"的理论。何为"存在先于本质"?要想弄清楚这个存在主义的基本主张,就得先知道何谓"本质先于存在"。萨特写道:

> 上帝按照一定程序和一种概念造人,完全像工匠按照定义和公式制造裁纸刀一样。所以每一个人都是藏在神圣理性中某种概念的体现。……人的本质又一次先于我们在经验中看见的人在历史上的出现。[2]

对于一把裁纸刀而言,是"本质先于存在",因为在裁纸刀还没有被制成之前("存在"之前),裁纸刀的"本质",它的材料、性能、功用等本质内容已经在工匠的头脑当中"观

---

[1] 汪晖:《反抗绝望》,河北教育出版社,2000年,第170页。
[2] 让-保罗·萨特:《存在主义是一种人道主义》,周煦良、汤永宽译,上海译文出版社,1988,第7页。

念地存在着"。萨特的意思就是说，如果真如西方传统思想所认为，人是上帝造的，那么人就跟一把裁纸刀没有什么不同（都是"物"），都是"本质先于存在"；因为上帝在把人造成之前，关于人的本质，也已在上帝的头脑当中"观念地存在着"。

萨特是在摧毁了西方传统的"上帝造人"的神话后才建立起自己的理论大厦的。现在好了，人不是上帝造的，那么人就不再是一张桌子、一把裁纸刀；那么人就是自由的，人就是自由；从而，那么人就是"存在先于本质"。萨特写道："首先有人，人碰上自己，在世界上涌现出来——然后才给自己下定义。"[1] "给自己下定义"，就是创造自己的本质。一个人拥有什么样的本质，成为什么样的人，拥有什么样的人生，完全由人自己决定。萨特有另外一句名言"懦夫使自己成为懦夫，英雄使自己成为英雄"。懦夫所以是懦夫，不是因为他身上固有某种"懦夫"的本质，而是因为他选择了懦夫的行为；英雄所以是英雄，同样不是因为他身上具有某种"英雄"的本质，而是因为他选择了英雄的行为。

由此，鲁迅的反抗绝望的精神人格和萨特存在主义之间的精神联系，或可以表述为：把生命的意义归结为人的现实抉择，一切由我自己决定，我别无选择，把行动、斗争、反抗作为人的存在的内在需要，作为人之为人的唯一尺度。

---

[1] 让-保罗·萨特：《存在主义是一种人道主义》，周煦良、汤永宽译，上海译文出版社，1988，第8页。

萨特于1980年去世,和鲁迅一样,对于我们,是"古人"了。在另一个世界里,在那个"从不曾有一个旅人回来过的神秘之国",他们会相遇吗?他们若相遇,即使一言不发,也会相视而笑,莫逆于心的吧。

附录一

鲁迅"反传统"反的是什么?[1] (节选)

一

五四一代知识分子大多是学问大家。鲁迅终生看不起学院里的知识分子,当然主要是因为他们身上的"士大夫气"和"名士气",同时也是因为鲁迅本人的学问太高,非大学里面的教授可以望其项背。

鲁迅的学问,自然包括鲁迅深厚的旧学功力;然而旧学功力独步当时的鲁迅却拼命反对青年读中国"旧书",并且不惜把话"说绝":"中国书虽有劝人入世的话,也多是僵尸的乐观;外国书即使是颓唐和厌世的,但却是活人的颓唐和厌世。我以为要少——或者竟不——看中国书,多看外国书。"[2]鲁迅甚至迁怒于中国汉字,像钱玄同一样主张废除汉字:"汉字

---

[1] 全文7000字,原刊《广东第二师范学院学报》2011年第6期。收入本书时有改动。
[2] 鲁迅:《青年必读书》,载《鲁迅全集》第3卷,人民文学出版社,2005,第12页。

不灭,中国必亡。……方块汉字真是愚民政策的利器,……是中国劳苦大众身上的一个结核,病菌都潜伏在里面,倘不首先除去,结果只有自己死。"[1]

这样的言论在今人看来殊不可解,在如今"弘扬传统文化"的主流语境下,尤难赢得认同。然而若是就此得出"鲁迅气量狭隘、思想偏激"的简单结论,却是皮相。包括鲁迅在内的五四先驱的所谓"全盘性反传统"极有可能是出于"矫枉必须过正"的策略性考虑。这一点有鲁迅自己的话为证。1926年,鲁迅在香港的演讲《无声的中国》中说:"中国人的性情是总喜欢调和,折中的。譬如你说,这屋子太暗,须在这里开一个窗,大家一定不允许的。但如果你主张拆掉屋顶,他们就会来调和,愿意开窗了。没有更激烈的主张,他们总连平和的改革也不肯行。那时白话文得以通行,就因为有废掉中国字而用罗马字母的议论的缘故。"[2]

非唯鲁迅,其他五四先驱的很多过激言论亦可作如是观。比如刘半农、周作人等人在五四时期攻击旧剧不遗余力,痛诋"中国旧剧是非人的文学的集大成者",似乎必欲除之而后快。然到了20世纪30年代,他们非但放弃了当初的思想,像刘半农,转而为《梅兰芳歌曲谱》写序,于中国旧剧称扬有加。刘半农《梅兰芳歌曲谱·序》中的一段话,颇传达了五四那辈知识人的微妙心曲,可与前引鲁迅语互相发明:

---

[1] 鲁迅:《关于新文字》,载《鲁迅全集》第6卷,人民文学出版社,2005,第165页。
[2] 鲁迅:《无声的中国》,载《鲁迅全集》第4卷,人民文学出版社,2005,第14页。

十年前，我是个在《新青年》上做文章反对旧剧的人。那时之所以反对，正因为旧剧在中国舞台上所占的地位太优越了，太独揽了，不给它一些打击，新派的白话剧，断没有机会可以钻出头来。到现在，新派的白话剧已渐渐的成为一种气候……所以我们对于旧剧，已不必再取攻击的态度；非但不攻击，而且很希望它发达……渐渐的造成一种完全的戏剧。

正如十年前，我们对于文言文也曾用全力攻击过，现在白话文已经成功了气候，我们非但不攻击文言文，而且有时候自己也要做一两篇玩玩。

应该指出的是，与刘半农、钱玄同诸人的改弦更张不同，鲁迅即使到了1930年代，对旧传统的激烈的决绝态度亦不曾稍减，这或与鲁迅终生不移的"立人"主张有关。白话文代替了文言文，白话剧代替了传统旧剧，固是事实，然"新瓶"依然可用来装"旧酒"，人的灵魂与思想的更生方是根本，也许正是痛感于此，鲁迅才会时时有一种"故鬼重来"的恐惧。不要说20世纪的二三十年代，即使在今天，鲁迅所痛诋的中国人身上的"无特操""奴隶性"依然挥之不去。了解了这一点，或会对鲁迅一以贯之的对传统的激烈与决绝给予"理解之同情"。

二

当然可以从学术角度批评鲁迅对于传统文化的决绝态度所包含的非理性因素，然而同时必须看到这种非理性的决绝态度所蕴含的鲁迅那一代人对中国文化传统的负面因素的深刻忧惧与警惕。这种忧惧和警惕使他们甚至不惜运用极端化的表达；而且，这种忧惧和警惕依然是我们今天继承传统文化必须借鉴、倚重的精神资源。

李慎之先生晚年的一个理论贡献是区分了传统文化和文化传统。"文化传统是形而上的道，传统文化是形而下的器，道在器中，器不离道。"传统文化是指数千年来精神上和物质上的文化遗存，这些当然要继承。从这个层面上来说，河南项城要修建袁世凯旧居，无可厚非。如果因为颐和园是皇家寻欢作乐、享受奢靡的所在而一把火烧掉，那是"文革"的做法，是"糊涂蛋"；文化传统则不同，它是传统文化的核心，它的影响几乎贯穿一切传统文化之中，它支配着人的行为、思想以至灵魂，它是不变的，或者说极难变的。一句话，文化传统是传统文化中更根本、更本质、更稳定的价值取向与制度取向——这里倒用得上眼下很时髦的一个词"国粹"。"国"之"粹"，自然是指一个民族文明演进中最根本、最本质的东西，也就是文化传统——就中国文明而言，这样的文化传统无疑是几千年的皇权专制主义，不独儒家，法家、道家、墨家诸家学说都或直接或间接地构成这种专制主义的支持力量。[1]

由此,我们可以问:鲁迅"反传统"反的是"传统文化"还是"文化传统"?答案无疑是后者。因为事实上,鲁迅在继承传统文化上一直是不遗余力且颇多建树的。鲁迅的文章好,这是诸多攻击鲁迅的人都承认的,然而鲁迅的文章所以好,却与鲁迅深厚的旧学功力分不开,是他很好地继承了汉语书写的审美传统的缘故;鲁迅校《嵇康集》《唐宋传奇集》,写《古小说钩沉》《汉文学史纲要》《中国小说史略》;鲁迅的《魏晋风度及文章与药及酒之关系》已成为研究魏晋文学的经典文献;鲁迅终生搜集古籍善本,甚至搜集隋唐墓志铭,有时不惜高价。鲁迅从未打出"继承传统、弘扬传统"的旗号,却实实在在地做着许多保存、继承传统的事;因此,鲁迅反的不是"传统文化",而是"文化传统"——那种不把人当人看、蔑视个人价值与尊严从而造成几千年"吃人"历史的专制主义。因为对皇权专制主义的文化传统始终葆有深刻忧惧与高度警惕,有时难免连带着对传统文化显示出一种极端的态度,但这些极端化的表达不宜坐实了来理解。

就如20世纪30年代在上海滩喧闹一时的"《庄子》《文选》之争"。今天的论者多有指责鲁迅"过于刻薄",对施蛰存"误会太深"。若就个人的审美偏好,鲁迅对《庄子》其实是喜欢的,他在《汉文学史纲要》中说,庄子之文,"其文则

---

[1] 李慎之:《中国文化传统与现代化》,《战略与管理》2000年第4期。

汪洋辟阖,仪态万方,晚周诸子之作,莫能先也",评价是非常高的。他之反对青年人读《庄子》,在于防止年轻人"迷恋骸骨",乃出于对专制主义的文化传统的忧惧与警惕。以老庄为代表的道家思想自然不是皇权专制主义的直接精神来源,却是皇权专制主义的间接支持力量。鲁迅排斥道家甚至甚于排斥儒家。儒家也像道家一样讲"柔",所谓"儒者,柔也",然而儒家"以柔进取",道家"以柔退走",正是在这个意义上,鲁迅一直认为,宣扬"退隐"、取消行动的道家思想是不负责任的"废物哲学"。[1]

明白了这些,再回到1925年那场至今聚讼纷纭的"青年必读书"事件,也许可以拨开很多历史的迷雾。鲁迅在应《京报》副刊的"青年必读书"的征文时,所以交了一张白卷,反对青年人读古书,除了前文已论及的出于"矫枉必须过正"的策略性考虑之外,也许还由于"在1925年前后,整个中国不但读古书的风气很浓,而且按照古老的思维方式读古书的习惯尚未根本改观,在大多数的教育机构里还没有建立起按照现代意识来消化古书的教学科研体制"的情况下,青年人很难获得正确的读古书的能力,也就是用现代人文价值观消化古书的能力,"当浑水尚待澄清,新机尚未启动,你就铺天盖地地给他压上这么多古书目录,就可能像一个活埋庵一样把青年埋在里

---

[1] 鲁迅:《出关的"关"》,载《鲁迅全集》第6卷,人民文学出版社,2005,第540页。

面,透不过气来"[1],又何谈肃清皇权专制主义的流毒?何谈中国思想的现代转型?鲁迅一旦认定某年轻人确是难得的"读书种子",已具备了对于中国古书"进得去,出得来"的能力,他也会一反旧态,转而鼓励这样的青年读古书。鲁迅1930年就给好友许寿裳的儿子许世瑛开过十二种共计一千零八十一卷线装书作为国学的入门书,可为旁证。

附录二

鲁迅的绝望与胡适的希望[2](节选)

香港的许子东就鲁迅与胡适讲过一句话:"病情是鲁迅看得透,药方是胡适开得好。"鲁迅似乎更能看到问题的根本。他把中国的一切问题都归结到文化上,从而一辈子念兹在兹的是改造人心或者国民性,鲁迅思想的精华和软肋或皆在此。中国向有以思想文化解决问题的一元论传统,制度建设则先天不足,这一病症在鲁迅这里不仅没有缓解,反而加重了。很多问题,看起来似乎是文化或者国民性的问题,其实还是制度的问题。比如讨论既久、几成定论的中国人的民主意识和民主习惯的问题。国人缺乏民主意识和民主习惯是事实,但那是

---

[1] 杨义:《古今贯通方法论》,《读书的启示——杨义学术演讲录》,生活·读书·新知三联书店,2007,第47—48页。
[2] 原题《正人心与正制度》,刊《清风》杂志,2020年第3期。收入本书时有改动。

"果",而不是"因"。缺乏民主意识和民主习惯正是长期缺乏民主制度,从而缺乏民主训练的结果。因此不能等到有一天国人具备了民主意识和民主习惯,再去实行民主制度,而是要先有民主制度,才有可能一步步地养成民主意识和民主习惯。事实上,改革开放四十年,中国国民的民主意识和民主习惯已然是大大改观,今非昔比,而这正是改革开放以来社会主义民主制度不断健全,公民从而有了初步的民主训练的结果。

社会变革不是文学抒情。谈改造文化、人心或者国民性往往可以作出更"深刻"的文章,一旦"落地",就不仅是难,而是几乎不可能,比试图改变空气的成分还要荒谬。因为改变空气成分,在大范围固不可能,最起码在极小的范围,比方说一根试管里,还是可能的。鲁迅的悲观与绝望,不亦宜乎?

关于"文化决定论",上海的朱学勤讲过悉尼·胡克《含糊的历史遗产》中的一个比喻,说街上有一个醉酒肇事的司机,被一个"深刻"的警察抓住,他不去抓这个司机本身,却听信辩护律师的"深刻"辩解,去追捕酒店老板,追捕酿酒的厂商,直至追捕一千年前第一个发明酿酒的人。胡克据此得出的结论是"原因的原因的原因,就不再是原因"。由此,说"病情是鲁迅看得透",还是值得商量。

……

"正制度"与"正人心"孰更重要,争论起来往往各执一端,公理婆理。一个多世纪以来,我们一直在强调改造国民性

（鲁迅所谓"立人"），口号不可谓不响，意志不可谓不坚，然结果只可以悲剧甚至闹剧概之。既然如此，为什么不"试错"一下其他途径呢？比如"正制度"。要之，"制度"既正，"人心"甚至不必正之，让它自然生长好了。动不动就说要"正人心"，拿人性、人的灵魂开刀本就是一种极端权力思维，"文革"殷鉴不远。

与鲁迅终生致力于"立人"（"正人心"）不同，胡适一辈子强调的是制度建设（"正制度"）。胡适的努力经常被鲁迅嘲笑、挖苦。鲁迅说"此后最要紧的是改革国民性，否则，无论是专制，是共和，是什么什么，招牌虽换，货色照旧，全不行的"，排除了"改造国民性"之外的所有努力包括制度建设的可行性，从而陷入了独断的一元论；胡适讲制度优先，却同时并不排斥国民性问题。胡适说："争你们个人的自由，便是为国家争自由。争你们自己的人格，便是为国家争人格。自由平等的国家不是一群奴才建造得起来的。"但胡适却看到制度本身对人心、人性的塑成作用，有什么样的制度就会有什么样的国民、什么样的国民性。胡适说："一个肮脏的国家，如果人人讲规则而不是谈道德，最终会变成一个有人味儿的正常国家，道德自然会逐渐回归；一个干净的国家，如果人人都不讲规则却大谈道德，谈高尚，天天没事儿就谈道德规范，人人大公无私，最终这个国家会堕落成为一个伪君子遍布的肮脏国家。"很难说胡适的话有多深刻，却是值得我们记取的常识。

正是因为看到了制度对人心、人性的塑成作用，与鲁迅的悲观、绝望恰成对照，胡适对中国的未来常怀希望，以至于被人揶揄为"肤浅的乐观主义者"，犹终身以之，至死不悔。

三 《阿Q正传》：文本的遥接历史与沟通现实

分而治之

　　未庄的奴隶世界也是被分了等级的。比如在阿Q眼中，王胡就是比他更低一等的奴隶。看到王胡在墙根下晒太阳、捉虱子，阿Q便并排坐下去，"倘是别的闲人们，阿Q本不敢大意坐下去，但这王胡旁边，他有什么怕呢！他肯坐下去，简直还是抬举他"；至于小D，在阿Q眼中，则连王胡还不如，"我手执钢鞭将你打"。

　　都是奴隶啊，阶级兄弟啊，本应联合起来，同仇敌忾啊，相煎何太急啊！

然赵太爷、钱太爷就绝不会这么看。奴隶的世界才好统治；奴隶的世界为什么好统治，就是因为奴隶之间也被分出三六九等。

这里就涉及中国自古以来的统治术，曰"分而治之"。

最先提出中国人是"一盘散沙"的是梁启超，其后则有孙中山。梁启超在《十种德性相反相成论》中认为，中国人"终不免一盘散沙之诮者，则以无合群之德故也"。梁启超显然是把中国人所以为"一盘散沙"，归咎于中国的民族根性或曰国民性，所谓"无合群之德"。鲁迅的意见与梁氏颇有不同，他在《沙》一文中说：

> 近来的读书人，常常叹中国人好像一盘散沙，无法可想，将倒楣的责任，归之于大家。其实这是冤枉了大部分中国人的。小民虽然不学，见事也许不明，但知道关于本身利害时，何尝不会团结。先前有跪香，民变，造反；现在也还有请愿之类。他们的像沙，是被统治者"治"成功的，用文言来说，就是"治绩"。

鲁迅接下来分析所以会如此的原因：盖中国人做官无非是为了发财，做官不过是发财的一种门径；而财从何来？当然是从小民身上搜刮来，"小民倘能团结，发财就烦难，那么，当然应该想尽方法，使他们变成散沙才好……于是全中国就成为

'一盘散沙'了。"[1]

对中国人的"国民性"揭示得最深刻的鲁迅这回却断言"一盘散沙"不是什么国民性,而是中国自古以来的"统治术",也就是所谓"分而治之"。

大清康熙朝,本朝最大的两个权臣明珠和索额图长期不和,明争暗斗不止。以康熙之英明神武,为什么竟听之任之?殊不知这正是康熙的英明神武处。设若明相跟索相亲密无间,或尽释前嫌,言归于好,估计康熙就要睡不好觉了吧——两大权臣"会师"一处,所谓尾大不掉,康熙还能指挥如意,操控他们于股掌之上吗?!所以对于明相跟索相之间的不和,非唯听之任之,有时甚至要推波助澜。比如给这个奴才一点好颜色,让那个奴才内心泛酸水;过段时间,再多召见那个奴才"密对"几次,让这个奴才恨得牙痒痒。权力平衡那点事,运用之妙,存乎康熙一心。

懂得了这个道理,就该知道,向领导打小报告、告密是多么愚蠢的行为!你以为领导会为你保密,实际情况却是,过不了几天,领导碰到我就会跟我讲:老丁啊,交友要小心啊,人心隔肚皮啊,心里有数就可以啦啊……躲闪游移,含糊其辞,绝不不指名道姓,以能让我听出是谁又在他(她)那儿给我下了蛆为限。

---

[1] 鲁迅:《沙》,载《鲁迅全集》第4卷,人民文学出版社,2005,第564页。

"很满意"

在人事部门工作的小李跟我讲了他的一个困惑。每到年终岁尾，他都会奉命到下属部门，对部门领导的工作进行民意测验，民测的结果则作为对该领导进行年度考核的一个重要衡量。届时每位员工会领到一张表格，表格上有领导的名字，员工只需在"很满意""满意""基本满意""不满意"下面打"√"即可。他的困惑是：那么多年来，在收上来的表格中，几乎所有下属部门的所有员工都在"很满意"下面打"√"，也就是表示对领导的工作"很满意"。投票不记名，除了一个"√"，员工也不需在表格上留下任何字迹；显然不可能所有员工对领导的工作都"很满意"，有的部门的领导还民怨不小，这些情况人事部门都有掌握。也就是说，按理民测的结果不至如此"圆满"，然又何以如此"圆满"？

有些人是喝了点酒之后就忘记自己姓什么；阿Q则反之，喝了点酒之后记起了自己姓什么。那回阿Q喝了两碗黄酒之后，便说自己姓赵，"和赵太爷原来是本家，而且细细排起来，他还比秀才长三辈"。秀才是赵太爷的儿子，这样算下来，赵太爷就成了阿Q的孙子辈。那时虽没有手机，没有微信，能让信息传导可以以分、秒，甚至微秒计，但这个消息还是以邹七嫂家那条黑狗奔跑的速度传到了赵太爷的耳朵里。

下面的情节，读过《阿Q正传》的应该都知道，长话短说:"赵"岂是人人姓得的,天字第一号,百家姓排第一啊!阿Q为他的这次不知天高地厚的胡言乱语付出的代价是挨了赵太爷一个嘴巴,"你怎么会姓赵,你哪里配姓赵",又赔了地保两百文酒钱。

阿Q之"姓赵",既经赵太爷否决,以赵太爷在未庄之"德隆望尊"、一言九鼎,已再无质疑的余地。但事情很奇怪,自从这件事情之后,未庄的人对于阿Q"仿佛格外尊敬些"。这又是怎么回事呢?鲁迅解释:"阿Q说是赵太爷的本家,虽然挨了打,大家也还怕有些真,总不如尊敬一些稳当。"

也就是说,未庄人内心的算计是,既经赵太爷否认,阿Q自然基本上不可能"姓赵";但万一,万万一……阿Q真的姓赵呢……毕竟赵太爷也没有拿出阿Q"不姓赵"的可靠证据,比如出示阿Q的身份证,上面明明写着姓"刘";或者找到阿Q的父亲,而阿Q的父亲说自己姓"张"。所以,为稳妥起见,不管他三七二十一,还是"尊敬一些"来得稳妥、安全,王八蛋才给自己惹麻烦呢!

听完我的一番专业灌水,小李做出一脸恍然大悟状:"您的意思是说,虽说是无记名,程序上也基本能保证为投票者保密,就算在'不满意'下打'√',也基本不会为人所知;但万一,万万一……总不如在'很满意'下面打'√'来得稳当。谁给自己惹麻烦谁是王八蛋啊。"

我说:"孺子可教也。"

你可以说，这种"万万……总不如……"的算计是投机，是卑怯，是苟且，是无特操，反正没有一个好词，都是"恶谥"，但背后的深因却又未可深责。人们不过是借在"很满意"下面打"√"表达一种卑微的、平实的祈愿：我顺从，我配合，我奉命唯谨，我不给自己找麻烦，所以应该过上安宁的、安静的、安全的生活。

谁还没有过几次笔尖在"不满意"下犹豫两秒，又在"基本满意"下犹豫六秒，又在"满意"下犹豫十秒，最后还是不管他三七二十一，在"很满意"下打上"√"的"宝贵"经验呢，是不是？

各取所需

笔者所居城市有结婚"闹老公公"的所谓"习俗"。老公公、老婆婆皆戴高帽，涂花脸，老公公胸前挂红纸牌，上写"我要扒灰"，老婆婆则胸前挂俩醋瓶，表示"我要吃醋"。招摇过村、过市，观者如堵，其乐融融，不以为耻！

此种不堪入目的陋俗、恶俗为何竟能长盛不衰，且愈演愈烈，已有向周边徐（州）、淮（安）、盐（城）、连（云港）各市蔓延的趋势？

《阿Q正传》第三章写阿Q酒店前当众调戏小尼姑。我们记得那次王胡打阿Q，要拉阿Q到墙上碰头时，阿Q说过"君子动口不动手"；但对更为弱小的小尼姑，阿Q自己却不唯动口，亦且动手，摸了小尼姑新剃的头皮，又拧了小尼姑的面颊，可谓大肆其轻薄。写了这些之后，鲁迅意味深长地写了两句："阿Q十分得意的笑了"，"酒店里的人也九分得意的笑"。阿Q的"得意"为什么是"十分"，当然是因为他亲自实施了对小尼姑的调戏。围观、赏鉴阿Q这一行为的酒店里的闲人们有没有调戏小尼姑？表面上看起来好像没有，其实却不然！闲人们也调戏了小尼姑。闲人们是通过阿Q间接地实施了对小尼姑的调戏，但毕竟没有亲自上手，所以"得意"也就稍逊阿Q，减一分而成"九分"。然不管"十分""九分"都只是程度上的不同，而无本质区别。一句话，闲人们和阿Q其实乃一路货色也！

　　且若细究起来，闲人们的卑劣还要胜过阿Q。阿Q固然卑劣，然调戏弱小的小尼姑，固然不需什么大勇，也还是需要点"小勇"的；而闲人们却于醉眼陶然之余，坐收"得意"之利，且不需要承担任何责任。小尼姑即使报警，恐未庄派出所也只能拿阿Q是问，而拿那些围观、赏鉴的闲人们没辙！

　　现在可以回到刚才提出的问题了：结婚"闹老公公"为何竟能长盛不衰？话说穿了，老公公意淫儿媳，而"观礼"者亦通过"喜老公公"间接地意淫了别人的儿媳！各取所需，多方共"淫"，宜其长盛不衰也。

　　陋俗、恶俗比之"良俗"更是照见大众集体无意识的一面镜子！我们的各级妇女组织不都声称要"维护妇女的尊严与权利"么，我们的政府不是颇有"道德建设"的雄心么，创建文明城市不是说要常态化么,却又为什么对于这种恶劣、丑陋的所谓"习俗"长期无所作为?

顺便提一下,笔者所居城市诸多陋俗、恶俗中,最让人不堪其扰的还不是"闹公公",而是"半夜搬家"。"半夜搬家"本与我无涉,你就是搬到天上去也是你的自由;然搬家必放炮仗,以短或数十秒、长或数分钟一串鞭炮庆贺"乔迁之喜",小区几千号人于是不得不从沉沉睡乡中醒目回神,"被"与其同乐。长年累月如此,真真是不胜其扰!

多次找物业理论无效,有一回,我干脆报警。小警察答复曰:本地风俗如此,没有办法。我忍不住挣了他一下:缠足也曾经是风俗,也没见本市有谁回家把家里的女眷都裹上啊。

风俗,风俗,多少令人无语的无聊、无赖、无耻假汝之名以行。

"反低俗"反的是什么?

鲁迅先生笔下的阿Q对于"饮食男女"中的"男女"有他的一个"学说":一、凡尼姑一定与和尚私通;二、一个女人在外面走,一定想勾引野男人;三、一男一女在那里讲话,一定要有什么勾当了。所以每每遇到一男一女在那里讲话,为惩治他们起见,于"男女之大防"历来很严的Q哥便于冷僻处向"狗男女"扔一块小石头。

若从字面上看,阿Q似乎特别痛恨"尼姑与和尚私通",

特别痛恨"女人勾引野男人",特别痛恨"一男一女有勾当"。其实,如你所知,阿Q真正痛恨的不是"尼姑与和尚私通",而是尼姑没有和他私通;不是"女人勾引野男人",而是女人没有勾引他;不是"一男一女有勾当",而是女人不和他勾当。这里不需要弗洛伊德的精神分析"探照灯",去"索隐"Q哥的"无意识"世界,因为鲁迅下文交代得已很明白:

> 他对于以为"一定想引诱野男人"的女人,时常留心看,然而伊并不对他笑。他对于和他讲话的女人,也时常留心听,然而伊又并不提起关于什么勾当的话来。哦,这也是女人可恶之一节:伊们全都要装"假正经"的。

笔者上大学那阵,风气不像如今那么开放,但对男女同学谈恋爱,校方尚能秉持"不提倡、不反对"的消极默认态度,但有一条,学生干部不准谈恋爱(这样的规定当然有问题,如果谈恋爱是人的权利,学生干部当然也是人,没有理由被排除在外,当时便有人用农村一句土话替学干们抱屈:一只大公鸡还跑前后三庄哩)。于是,每当夜幕降临时分,主要由学工干部、辅导员组成的一支队伍,就人人揣上一把手电筒,出发了。我的一个老乡是历史系的学生会主席,于某寒风凛冽的深夜与"地下女友"在紫藤廊被数只"手电筒"当场"捉对",硬是丧失了留校的机会。天可怜见,他们那晚其实正谈"分手"事宜。此后有好多年,此君一看到手电筒这种"家用电器",便胃痉挛。

本以为这样的陈年旧事该是"白头宫女闲坐说玄宗"的老皇历,谁承想,诚如斯言"已有的事后必再有,已行的事后必再行",最近看新闻,某高校在校园里设置了"校园巡视岗",让勤工助学的学生戴上红袖章,美其名曰"文明风纪监察员",在校园里四处巡视。一旦发现校园情侣有过分亲热举动,比如拥抱、接吻,"红袖章"就要及时上前提醒、制止:哎,同学,请自重。

有阵子媒体特爱谈"反低俗"。"反低俗"当然没有问题,问题是什么才是低俗,这个口径恐怕就很难统一起来。比如,在阿Q先生看来,一男一女在那里讲话是低俗,而在我看来,他朝人家扔小石头才是低俗;在某些学工干部看来,男生女生谈恋爱接吻是低俗,而在我看来,男女生谈恋爱接吻很正常,男女生谈恋爱不接吻那才叫有病,他们煞有介事、义正词严、多管闲事才是低俗。

阿Q的"小石头"和学工干部的"手电筒"这样的事作为故事来讲,还是很有趣的;但这并不能使这种行为本身有趣——其实阿Q和学工干部们做的这事真的"无趣"得很。这世上永远有一类人,他们的工作似乎就是把我们的生活朝"无趣"上整,朝"没滋没味"上整。

据说英国维多利亚时期的上流社会特别"正经",谈话从来不涉及身体的下半部分,连裤子这个字眼都不说,更不要说屁股和大腿,甚至连钢琴腿也要用布盖起来,以免引起不洁的联想。在餐桌上，鸡胸脯不叫鸡胸脯，叫"白肉"；鸡大腿当然更不能叫鸡大腿，叫"黑肉"。——老实交代，这个故事我是从王小波的书里看来的。讲完这个故事，王小波以他特有的幽默写了句："人要是连鸡的胸脯、大腿都不敢面对，就该去吃块砖头。"

绝顶便宜

我一直坚信，鲁迅所以能在《阿Q正传》中把"精神胜利法"表现得如此深刻，乃至鲁迅所以能提出"精神胜利法"这一民族痼疾并加揭橥，不仅源自鲁迅对中国人的深刻观察，同时也源自鲁迅对中国历史的深刻观察。中国历史中，精神胜利法的例子真的是太多了。

从汉唐以迄明清，若论文化，汉民族的文化无疑比北方少数民族先进得多。但是"四夷宾服"的局面却很少出现：汉民族跟北方少数民族打仗，很少打赢过，以汉高、文景那样的文治武功，也只能以屈辱的"和亲"换得苟安；至于宋、明，更无足论，宋有"靖康之难"，明有"土木堡之变"，连皇帝都让人捉了去。元、清两代则更是前者近百年、后者长达两百多年的蒙古人、满洲人统治。

有意思的是，历史上"精神胜利法"被充分利用正是在"连万里长城也挡不住北方少数民族的金戈铁马"之后。

清军入关后，实行严酷剃发令，"留发不留头，留头不留发",汉人心中不满,却无实力与之抗衡,于是就像阿Q挨了别人的打后要找一点心理安慰,在有清一代的民间传说中,清初诸帝竟无一不出于汉种。顺治是关东猎人王某的儿子,系清太宗妃子与王某私通而生的。雍正是卫大胖子的儿子。清圣祖康熙微服江南,结识了一个厨师卫大胖子,卫大胖子有个小妾,康熙悦其美貌迎入后宫,而不知她已有了身孕。乾隆是海宁陈阁老的儿子的传说由于后来被金庸写进武侠小说里,则更广为人知,至今影响不衰。若推原祸始,陈怀《清史要略》恐难辞其咎。该书第二编第九章有云:"弘历(乾隆)为海宁陈氏子,非世宗(雍正)子也……康熙间,雍王与陈氏尤相善,会两家各生子,其岁月日时皆同;王闻而喜,命抱之来,久之送归,则竟非己子,且易男为女矣。陈氏惧不敢辩,遂力密之。"

1934年中秋节,鲁迅写了篇《中秋二愿》,由于提到了那时中秋的固有"节目""海宁观潮",于是旁及"乾隆是海宁陈阁老的儿子"的旧案,且附加评论道:"这一个满洲'英明之主',原来竟是中国人掉的包,好不阔气,而且福气。不折一兵,不费一矢,单靠生殖机关便革了命,真是绝顶便宜。"[1]鲁翁"中秋二愿"的第二愿便是"从此眼光离开脐下三寸"。

我所觉得怪异者,即使真的可以"拯救民族危难于床

---

[1] 鲁迅:《中秋二愿》,载《鲁迅全集》第5卷,人民文学出版社,2005,第594页。

上":既省刀兵,又赞"和平",于床笫之间即可颠倒狂澜,恢复我大汉血胤,有一个这样的传说就够了呀,比如,如确能证明顺治帝系我汉人血统,则以下诸帝一脉相承,则自是我大汉血胤无疑,为什么要一而再,再而三地"秽乱"人家后宫?岂不多余?精神胜利法的本质无非是用虚幻的胜利把事实上的失败给填平,顺治、雍正、乾隆"为我汉种"云云玩得也无非是精神胜利的把戏。[1]

我们常沾沾自喜于我们如何"进步"了,其实在很多方面我们实在是并无长进的。比如时下风靡神州的抗日"神剧"。真实的抗日如何艰苦卓绝皆可不管,日本鬼子当年如何竟势如破竹亦可不问,反正我们可以在电视剧里让它不堪一击,打得它落花流水。而我们观众只需于沙发上坐定,手握遥控器,便可"报仇雪恨",用鲁迅的话说,"真是绝顶便宜"。

美国人埃里克·本茨格得了2014年的诺贝尔化学奖,据说我们也"与有荣焉"。安徽某中学打出醒目告示:热烈祝贺我校女婿荣获2014年诺贝尔化学奖。我既非皖人,也无在那所中学结业的光荣,但我籍江苏与安徽同属华东,谓本茨格为"华东女婿"我想应该不成什么问题;再不济,本茨格夫人既为安徽人,则当然同时也是中国人,这样一来,原来是我们中国的姑老爷得了诺贝尔奖,当然我们每一个中国人皆可分得一份光荣,这自然也应该不成什么问题。原来,我们不需刻苦,不需

---

[1] 这里移用了拙文《"互见法"与鲁迅小说的研读》中的分析。

努力，亦不需劳心费时"培养出杰出人才"，只需……即可分享诺贝尔奖的光荣，这岂不又是一件"绝顶便宜"的事？

只是细想起来，这份"光荣"竟暧昧得很！最起码首先得证明，本茨格先生若非有幸做了我们中国人的"东床"，绝不至于有今日。这证明起来就颇繁难，在我看来简直就不会有"证而明之"那一天；再者，此份"光荣"固然为女同胞暗示一条为己、为国"争光"的"捷径"（其实迂远得很），却让我们男同胞灰心，因为这愈发显得我们自己没出息。还是让我们记住鲁迅的话吧："中国人是尊家族、尚血统的，但一面又喜欢和不相干的人们去攀亲……这不能算是体面的事情，男子汉，大丈夫，还当别有所能，别有所志。"

附录一

"互见法"与鲁迅小说的研读

"互见法"本为后人总结司马迁《史记》的写法时提出的一个概念，并视为《史记》述史、写人的最重要的方法，即在一个人物的传记中着重表现他的主要特征，而该人其他方面的性格特征则放到别人的传记中显示。苏洵把《史记》的"互见法"的精义总结为"本传晦之，而他传发之"，可谓言简意赅。

本文借用"互见法"这一概念，含义有所不同。本文视"互见法"为研读鲁迅小说的重要方法，是基于鲁迅创作的如下两个实际：其一，鲁迅的小说不仅是文学杰作，标志着中国现代小说的成熟，也是思想宝库。研读鲁迅小说，如果只注重文学性，而忽略了对鲁迅小说中那些闪光的思想洞见的分析与阐发，那么对鲁迅小说的理解就很难说是全面的。其二，鲁迅的小说的数量很少。鲁迅作品中数量最大的是杂文。杂文是鲁迅终身未停止过写作的文体。鲁迅在小说里以形象化手段表达的诸多思想，在鲁迅杂文中有更直接，也更深刻、精彩的阐发。若能把鲁迅杂文中的对"思想"的直接阐发拿过来，与鲁迅小说里形象化的"思想"互相印证、互相发明、互相补充，无疑可以加深对鲁迅小说的理解。所以，本文所说的"互见法"即用鲁迅小说与鲁迅杂文互相印证、互相发明、互相补充之谓。

"经典互证"在文史研究中已然是一种被普遍使用的方法，影响最大的自然当数陈寅恪的"诗史互证"及钱锺书的中外语文互证。这本该给大、中学的语文阅读教学启发一条路径。尤其是在对鲁迅小说的研读过程中，可以拿来跟鲁迅小说互见，从而互证的经典不需外求，鲁迅杂文里便大量存在。执教者若能娴熟使用此法，于加深学生对鲁迅小说的理解外，还能开阔学生历史文化视野。

本文以鲁迅小说《阿Q正传》为例，试图为大、中学的语文教师示范"互见法"鲁迅小说研读中的具体运用，以期为大、中学语文课堂上的鲁迅作品教学提供有益的启示和帮助。

示例一

鲁迅《阿Q正传》中"优胜纪略"一章，有一节写到阿Q身上有一种奇怪的人格。阿Q因为进了几回城，便看不起未庄人。这个比较好理解——跟他相比，未庄人是没有见过世面的乡巴佬。但他同时也看不起城里人，鲁迅写道：

> 然而他又很鄙薄城里人，譬如用三尺三寸宽的木板做成的凳子，未庄叫"长凳"，他也叫"长凳"，城里人却叫"条凳"，他想：这是错的，可笑！油煎大头鱼，未庄都加上半寸长的葱叶，城里却加上切细的葱丝，他想：这也是错的，可笑！然而未庄人真是不见世面的可笑的乡下人呵，他们没有见过城里的煎鱼！

这就有点像今天有人到美国去一趟，回国以后，看不起本国同胞，这个比较好理解，因为他见过了美国的月亮嘛！然而他同时也看不起美国人——你们美国有什么了不起，你们的历史满打满算也就二百来年，我们拥有五千年灿烂文明！小说里的这个细节对中国人的虚骄之气是一个有力的针砭。

其实，对这种"老子永远天下第一"的奇怪人格，鲁迅后来在《题未定草（二）》中亦有精彩的阐发。在半殖民地化的上海，有所谓"西崽"，他们虽是中国人，但却在外国人开办的洋行或公司里做事，长期以来，就形成一种人格，鲁迅称之为"西崽相"：

> 这"相"，是觉得洋人势力，高于群华人，自己懂洋话，近洋人，所以也高于群华人；但自己又系出黄帝，有古文明，深通华情，胜洋鬼子，所以也胜于势力高于群华人的洋人，因此也更胜于还在洋人之下的群华人。[1]

一个是边鄙未庄的流氓无产者，一个是十里洋场的洋装白领，思想意识、思想观念上，却"同此凉热"、半斤八两，让人不得不佩服鲁迅高超的思想提炼力及鲁迅小说高度的概括性。

以"中央上国"自居的虚骄之气，一百多年来，一直是我们真正以开放的心态面向世界的重大阻力。援引鲁迅杂文中对虚骄之气的针砭，无疑可以在加深学生对小说理解的同时，开阔知识视野和历史视野，也有助于养成改革开放时代该有的坦然面向世界的开放胸襟及泱泱大国的国民本该有的不卑不亢、自尊自信的国民风度。

示例二

鲁迅通过阿Q这一形象所揭橥的"精神胜利法"自然应该

---

[1] 鲁迅：《题未定草》，载《鲁迅全集》第6卷，人民文学出版社，2005，第366—367页。

是研读《阿Q正传》时所必须着力的重点。精神胜利法在小说里集中体现在阿Q的三句口头禅：一、"我们先前比你阔得多了，你算什么东西"；二、"我的儿子会阔得多了，你算什么东西"；三、就是阿Q被人打了后，还是会说"我今天总算被我的儿子给打了，如今的世界真不像样"。

对精神胜利法作一些平面化的解释与分析是容易的，但对于一个语文教师来讲，更重要的是如何把学生对精神胜利法的理解引向深入、深刻，也就是把学生对精神胜利法的理解由生活现象层面引至历史文化层面。而要达成这样的教学目标，鲁迅的《论睁了眼看》《中秋二愿》《说"面子"》诸文中的材料在课堂上都可以适时援据。以下分而述之。

由上引阿Q的三句口头禅可知，精神胜利法的本质就是用虚幻的胜利把事实上的失败给填平，从而求得心理平衡与心理安慰；而这一点又是源自中国人"不敢正视现实"的国民根性。鲁迅在《论睁了眼看》中说："中国人的不敢正视各方面，用瞒和骗，造出奇妙的逃路来，而自以为正路。在这路上，就证明着国民性的怯弱，懒惰，而又巧滑。一天一天的满足着，即一天一天的堕落着，但却又觉得日见其光荣。"[1]据此，精神胜利法无非中国人的"瞒与骗"，是中国人自造的"奇妙的逃路"而已。

精神胜利法是鲁迅对国民根性的深刻体察，也是鲁迅对历

---

[1] 鲁迅：《论睁了眼看》，载《鲁迅全集》第1卷，人民文学出版社，2005，第254页。

史中的荒诞与荒谬的揭示与针砭。说到底，鲁迅所以能在《阿Q正传》中把精神胜利法写得那么深刻，还是因为历史上精神胜利法真是太多了。

清军入关后，实行严酷剃发令，"留发不留头，留头不留发"，汉人心中不满，却又无实力与之抗衡，于是就像阿Q挨了别人的打后骂一句"我今天总算被我的儿子给打了"来求得心理安慰。在有清一代的民间传说中，清初诸帝竟无一不出于汉种。顺治是关东猎人王某的儿子，系清太宗妃子与王某私通而生的；雍正是卫大胖子的儿子——清圣祖康熙微服江南，结识了一个厨师卫大胖子，卫大胖子有个小妾，康熙悦其美貌迎入后宫，而不知她已有了身孕；乾隆是海宁陈阁老的儿子的传说由于后来被金庸写进武侠小说里，则更广为人知，至今影响不衰。

让人觉得怪异者，即使真的可以"拯救民族危难于床上"：既省刀兵，又赞"和平"，于床笫之间即可颠倒狂澜，恢复我大汉血胤，有一个这样的传说就够了呀！比如，如确能证明顺治帝系我汉人血统，则以下诸帝一脉相承，自是我大汉血胤无疑；为什么要一而再，再而三地"秽乱"人家后宫？岂不多余？精神胜利法的本质无非是用虚幻的胜利把事实上的失败给填平，顺治、雍正、乾隆"为我汉种"云云玩得也无非是精神胜利的把戏。

以上就精神胜利法所作发挥，皆是受了鲁迅的启发。1934年中秋节，鲁迅写了篇《中秋二愿》，由于提到了那时中秋的固有"节目""海宁观潮",于是旁及"乾隆是海宁陈阁老的儿子"的旧案,且附加评论道:"这一个满洲'英明之主',原来竟是中国人掉的包,好不阔气,而且福气。不折一兵,不费一矢,单靠生殖机关便革了命,真是绝顶便宜。"[1]"不折一兵,不费一矢,单靠生殖机关便革了命,真是绝顶便宜",对于中国人的精神胜利法,对于中国人的瞒与骗,瞒骗别人,也瞒骗自己的国民根性,针砭得何其痛快。对于这则材料,语文教师在课堂上若能适时援引,在加深学生对精神胜利法的历史文化意蕴理解的同时,还可联系现实:鲁迅所说的"绝顶便宜"的事,当下可有?相信只要教师引导得当,学生即会想到备受诟病的"抗日神剧"。真实的抗日如何艰苦卓绝皆可不管,反正我们可以在电视剧里打它个落花流水。亿万观众只需于沙发上坐定,手握遥控器,便可"报仇雪恨",用鲁迅的话说,岂不是"绝顶便宜"。

满人入关既久,精神胜利法的运用也越发炉火纯青。鲁迅有《说"面子"》一文,在称面子是"中国精神的纲领,只要抓住这个,就像二十四年前的拔住了辫子一样,全身都跟着走动了"后,接下来写道:"相传前清时候,洋人到总理衙门去要求利益,一通威吓,吓得大官们满口答应,但临走时,却被从边门送出去。不给他走正门,就是他没有面子;他既然没有

---

[1] 鲁迅:《中秋二愿》,载《鲁迅全集》第5卷,人民文学出版社,2005,第594页。

了面子，自然就是中国有了面子，也就是占了上风了。"[1]

这则材料尤为不可多得。语文教师若能适时援引此材料，不仅能加深学生对精神胜利法的理解，亦且可以适当联系现实，让学生明白，陈独秀当年所谓"重虚文"而"轻实际"的形式主义之风其来有自，源远流长。

示例三

鲁迅最痛恨的中国人的国民"劣根性"其实不是"精神胜利法"，而是"卑怯"。所谓"卑怯"，即欺软怕硬，在狼面前是羊，在羊面前是狼。《阿Q正传》中，对于阿Q的卑怯人格有非常精彩的表现。比如，阿Q喜欢跟人吵嘴打架，但事先必估量对手，"口讷的他便骂，力气小的他便打"，若是遇到小尼姑这样的毫无还口和还手之力的绝对的弱者，阿Q则不唯动口，亦且上手，大肆其轻薄。

卑怯人格在阿Q身上还体现为他的"曲线报仇"法。比如阿Q本来是受了王胡和假洋鬼子的欺负，从而结了仇，但是最后，他却在更弱小的小尼姑身上把仇给报了，此之谓"曲线报仇"法。

关于卑怯的国民根性，只讲这些固然也可以，但无疑是平面化、浅层次的。其实，关于中国人的卑怯人格，鲁迅在杂

---

[1] 鲁迅：《说"面子"》，载《鲁迅全集》第6卷，人民文学出版社，2005，第130页。

文和书信中多有涉及。比如鲁迅曾与徐旭生讨论中国的"民族性"问题，徐意，中国人的听天任命与中庸的毛病大约是从"惰性"而来，鲁迅在答复徐旭生的信中说：

> 怕不可仅以惰性了之，其实乃是卑怯。遇见强者，不敢反抗，便以"中庸"这些话来粉饰，聊以自慰。所以中国人倘有权力，看见别人奈何他不得，或者有"多数"作他护符的时候，多是凶残横恣，宛然一个暴君，做事并不中庸；待到满口"中庸"时，乃是势力已失，早非"中庸"不可的时候了。[1]

这说的不正是阿Q吗？鲁迅还说过："勇者愤怒，抽刃向更强者；怯者愤怒，却抽刃向更弱者。不可救药的民族中，一定有许多英雄，专向孩子们瞪眼。这些孱头们！"[2]这说的不也是阿Q吗？

作为一种鲁迅最憎恨的国民根性，卑怯行为与卑怯人格在中国历史上真是太多了。比如明末张献忠。张献忠在四川的滥杀是非常可怕的，熟悉《蜀碧》《明季北略》的鲁迅如此描述："他使ABC三枝兵杀完百姓之后，便令AB杀C，又令A杀B，又令A自相杀。"[3]张献忠的滥杀是明末四川人口剧减的重要原因。然

---

[1] 鲁迅：《通讯》，载《鲁迅全集》第3卷，人民文学出版社，2005，第27页。
[2] 鲁迅：《杂感》，载《鲁迅全集》第3卷，人民文学出版社，2005，第52页。
[3] 鲁迅：《坚壁清野主义》，载《鲁迅全集》第1卷，人民文学出版社，2005，第275页。

张献忠之可憎，不全在其凶残，亦在其卑怯。当他操刀向软弱的无辜平民时何尝眨一下眼睛，然满洲肃王大军一到，他就乖乖地躲进柴堆，不敢露头。鲁迅曾把张献忠辈的凶残和日本的武士道作对比，他说："他们（日本）古代的武士，是先蔑视了自己的生命，于是也蔑视他人的生命的，与自己贪生而杀人的人们，的确有一些区别。而我们的杀人者，如张献忠随便杀人，一遭满人的一箭，却钻进刺柴里去了。"[1]

可以说，鲁迅所以能塑造出阿Q这一不朽典型，不仅源自鲁迅对中国人的深刻观察，也源自鲁迅对中国历史、中国文化的深刻观察和理解。没有以上所引鲁迅在杂文、书信中关于卑怯的言论的加持，则很难窥见阿Q身上"卑怯"人格的历史文化蕴含。

结语

提倡在鲁迅小说的研读与教学中运用"互见法"，尚有两个附带的好处。其一，倒逼语文教师多读点鲁迅，尤其是鲁迅的杂文。都说教师没有时间读书，或即使有时间，也不知去读哪些书。我的意见，如果语文教师时间实在有限，实在无暇读太多的书，那么就去读鲁迅吧。鲁迅杂文是"高级知识分子杂文"，堪称一部中国历史、中国文明的百科全书。把鲁迅读熟

---

[1] 鲁迅：《〈三浦右卫门的最后〉译者附记》，载《鲁迅全集》第10卷，人民文学出版社，2005，第254页。

了，读通了，当更能意会汉语书写的审美传统，且思想境界、视界都将进一新境，想不提高自己的语文专业素养都难。其二，把学生的注意力吸引到鲁迅的杂文上来。都说鲁迅深刻，但却少有学生对鲁迅的深刻能有具象的感受，原因就在于学生读的比较多的是鲁迅的小说，而仅仅读鲁迅的小说尚不足领会鲁迅的深刻与淹博。把学生的注意力吸引到鲁迅的杂文上来，不仅能让学生对鲁迅的深刻、峭拔有深刻领会，对提高学生的语言能力、思辨能力也是一不可多得的助力。

附录二

说"卑怯"

我感觉，鲁迅先生最憎恶的中国人的民族根性还不是"精神胜利法"，而是"卑怯"。何谓"卑怯"？先看《阿Q正传》。阿Q喜欢与人吵嘴打架，但事先必估量对手，"口讷的他便骂，气力小的他便打"，若是遇上小尼姑那样毫无还手和还口之力的，阿Q则不唯动口，甚且动手动脚，大肆其轻薄。

中国封建社会为何绵延几千年而不绝？这曾经是一个在史学界引起热议的话题。我想最起码有一个方面的原因是，中国人总是习惯于向下寻求平衡，而不是向上寻求突破与反抗。一个人混得不管有多糟糕，他似乎总能找到比自己更弱小的，凌辱之，欺压之，从而寻得心理平衡。即使像阿Q这样的在未庄算是最底层的人，尚有小尼姑为他"垫底"。其实，阿Q、王胡、小D、小尼姑都是奴隶，所以，奴隶的世界是最好统治的啊，因为奴隶之间也是分了等级的。

鲁迅在《狂人日记》中对这种"卑怯"的人格说得再透彻不过："狮子似的凶心；兔子的怯弱；狐狸的狡猾。"至于什么时候做狮子，什么时候做兔子，无疑，在兔子面前做狮子，在狮子面前做兔子也。翻成流布更广的一句话就是"在羊面前是狼，在狼面前是羊"。明末农民起义军领袖张献忠杀人如麻，当其操刀向无辜百姓时何尝眨一下眼睛；然满洲肃王大军一到，便乖乖地躲进深山，不敢露头。晚清国力衰颓，军力随之。每临战阵，不战而逃的现象多多；但同样是这些"兵"，对付起手无寸铁的无辜平民，却又横暴得可以，往往见人即杀，见屋即烧，子女玉帛，悉数入于军，以致谭嗣同当年愤激曰："由此观之，幸而中国兵之不强也。使如英、法，外国尚有遗种乎？故西人之压制中国者，实上天仁爱之心使然也。"谭氏此言自然过激，然实由内心之沉痛引致也。

鲁迅曾与徐旭生讨论中国的"民族性"问题。徐意，中国人的听天任命与中庸的毛病大约是从"惰性"而来。鲁迅在答复徐旭生的信中说，"怕不可仅以惰性了之，其实乃是卑怯。遇见强者，不敢反抗，便以'中庸'这些话来以粉饰，聊以自慰。所以中国人倘有权力，看见别人奈何他不得，或者有'多数'作他的护符的时候，多是凶残横恣，宛然一个暴君，做事并不中庸"。

汪兆铭先生当年发明了"曲线救国",其实早在汪先生之前多年,未庄的"阿Q"先生即发明了"曲线报仇"法。比如,阿Q被假洋鬼子欺负,最后却在小尼姑身上把仇报了。就像我们的某些民族主义者仇恨日本人,最后却在"汉奸"身上把仇报了。动不动宣布某人为"汉奸"几是一时之时髦。日本地震那会儿,不才因写了篇《卑劣性爱国》,即曾"荣膺"此雅号。鲁迅说:"勇者愤怒,抽刃向更强者;怯者愤怒,却抽刃向更弱者。不可救药的民族中,一定有许多英雄,专向孩子们瞪眼。这些孱头们!"

鲁迅所指斥的"孱头",可不单是南平的郑民生之流,那只是卑怯行为的极端形态;"孱头"有可能是你,是我,是他。让我们设想一个情境,有扒手在公共汽车上行窃,车上的乘客即使见之,想必也是睁一只眼闭一只眼(不是我这人"小人之心",君不见现今若是出一个"挺身而出"的"憨大",已经算是了不得的新闻事件了),所谓"事不关己,高高挂起",所谓"各人自扫门前雪,莫管他人瓦上霜",所谓"木秀于林,风必摧之;堤高于岸,水必湍之;行高于人,众必非之",这自然是很合于"中庸"的圣道的;现在让我们换一个情境,在超级市场里,捉住了一个小偷,当该小偷已被制服,绝无还手的可能时,则众人一窝蜂而上,群殴之。同样是那些群众,你看他这回可一点也不"中庸"了。

最厌见的影视镜头是犯人坐囚车赴法场,围观之群众则向其扔烂菜叶、垃圾、鸡蛋。你千万不要以为这反映了什么"惩恶扬善"的汹汹民意，其实说到底，还是卑怯！

附录三

鲁迅是不是"阿Q"？

《阿Q正传》里，阿Q有两句口头禅，一是"我们先前比你阔得多了，你算什么东西"；二是阿Q跟别人打架，打不过人家，便会说（当然大多是在心里说）："我今天总算被我的儿子给打了，如今的世界真不像样。"上高中时第一次读到《阿Q正传》的时候，我不禁想起幼时的一件事。朱二秃子欺负人，把我鼻子打出了血，还把我的书包扔进河里。第二天，我便找了一个粉笔头，在朱二秃子家的后墙上写下"朱二秃子全家死光光"。阿Q被人打了，就说"我今天总算被我的儿子给打了"，对阿Q来讲，我虽然打不过你，但你是我儿子了，用虚幻的胜利把事实上的失败给填平，这叫"精神胜利法"；对于我来讲，朱二秃子你欺负了我，但是你"全家死光光"了，何尝不也是"精神胜利法"？原来我老早就是个"小阿Q"！

阿Q身上有没有鲁迅自己的影子呢？据周作人回忆，鲁迅七八岁的时候，经常受到另一个比他大几岁的名叫沈八斤的孩子的欺负，心中非常生气，可是家中有规矩，不许与别人打架，他就只好用画画来发泄，画一个人躺在地上，胸口刺着一支箭，上面写着："射死八斤！"这与我幼年时"朱二秃子全家死光"云云竟如出一辙！我不知道鲁迅在写《阿Q正传》的时候，是否会因想起这件"童年趣事"而哑然失笑。

　　作为官宦子弟的鲁迅小时候本活得"像个王子"，自光绪癸巳年（1893）祖父周福清卷入一桩科场舞弊案，被判斩监候，家境开始一落千丈。那一年鲁迅十四岁，小小年纪备尝世态炎凉、人间冷暖。鲁迅自己说："有谁从小康之家而坠入困顿的么，我以为在那路途中大概可以看见世人的真面目。"阿Q是敏感的，有时甚至到了神经过敏的程度。鲁迅性格中的敏感与阿Q或有程度上的不同，其为敏感、多疑则一。与鲁迅私谊甚笃的曹聚仁先生在《鲁迅评传》中于这一点并不为鲁迅避讳："他自幼历经事变，懂得人世的辛酸与炎凉的世态，由自卑与自尊两种心理所凝集，变得十分敏感。所以他虽不十分喜欢'世故老人'的称谓，却也只能自己承认的。"曹聚仁先生并曾当面跟鲁迅说过，"你的学问见解第一，文艺创作第一，至于你的为人，见仁见智，难说得很"，于鲁迅的敏感与世故多有保留。

　　《阿Q正传》我读过应该不下十遍，后来在课堂上讲"阿Q"，每学年不知有多少遍。每当读到或讲到阿Q的口头禅"我们先前比你阔得多了"时，眼前便晃动着鲁迅的影子。我是宁愿相信这句话虽被鲁迅安到了阿Q身上，其实也是经历了巨大的人生落差的鲁迅虽未出口，却萦回脑际的一句话；或者说是鲁迅每欲出口，却又硬逼着自己咽回去的一句话。这种感觉自然只是我的直觉，无从去找佐证的，不知地底下的鲁迅能否原谅我的不敬。

说鲁迅也是"阿Q",鲁迅的拥趸大概会感觉不快,但我相信鲁迅自己反会"不以为忤"的,他在《写在〈坟〉后面》中说:"我的确时时解剖别人,然而更多的是更无情面地解剖我自己。"曹聚仁先生当年便曾当面跟鲁迅说过:"你是写《阿Q正传》的人,这其间,也有你自己的影子,因为你自己也是中国人。"也正如曹聚仁在《鲁迅评传》中所说的:"说鲁迅是阿Q,也并不损失鲁迅的光辉,他毕竟是创造阿Q的人。"

附录四

鲁迅与辛亥革命的评价问题[1](节选)

鲁迅的小说《药》《风波》《阿Q正传》等一直是在"对辛亥革命失败的反思"的意义上被理解和阐释着。其实,这样的理解和阐释既是对辛亥革命本身性质与任务的误解,也包含了对鲁迅此类小说本身的误解。限于篇幅,这里只想以《阿Q正传》为例,初陈己见。长期以来,关于《阿Q正传》思想意义的一个基本结论是"总结了辛亥革命脱离群众,没有发动农民参加革命的历史教训",这其实是在用后来中国共产党领导的工农革命的性质与任务来要求作为资产阶级民主革命的辛亥革

---

[1] 全文9000字,原刊《湘潭大学学报》2011年第3期。收入本书时有改动。

命。从世界范围来看，资产阶级民主革命的革命主体也是中上层知识精英与商业精英，并无资产阶级民主革命发动农民参加的先例。其实只需换一个角度，我们便会发现，鲁迅的本意不仅不是总结什么"脱离群众，放弃发动农民"的历史教训，相反，鲁迅以艺术反讽的方式告诉我们，发动了群众又能怎么样呢？阿Q的革命"理想"我们是熟悉的：一是要报仇杀人，所谓"首先该死的是小D，其次是赵太爷……"；二是抢东西，所谓"秀才娘子的宁式床先搬到土谷祠来，其次便摆了赵家的桌椅"；三是找女人，所谓"喜欢谁就是谁"。阿Q式的农民一旦"获准"革命，无非是使革命陷入更深的污秽和血泊之中，这样的革命难道值得期待？

阿Q这一形象包含了鲁迅对中国历史的深刻体察，因为中国历史上"改朝换代"式的农民革命倒是"发动了群众"的，以农民为主体的，但鲁迅对此有清醒的认识，与1949年后的历史学界对农民起义几乎是众口一词的颂扬不同。鲁迅说："奴才做了主人，是决不肯废去'老爷'的称呼的，他的摆架子，恐怕比他的主人还十足，还可笑。"[1]刘邦和项羽所要"取"的也无非是秦始皇的"阔气"，"简单地说，便只是纯粹兽性方面的欲望的满足——威福，子女，玉帛，——罢了"[2]。

陈涌曾如此分析前述阿Q的关于"报仇杀人、抢东西、找

---

[1] 鲁迅：《上海文艺之一瞥》，载《鲁迅全集》第4卷，人民文学出版社2005，第309页。
[2] 鲁迅：《圣武》，载《鲁迅全集》第1卷，人民文学出版社2005，第372页。

女人"的"土谷祠之梦":"它虽然混杂着农民的原始的报复性,但他终究认识了革命是暴力……毫不犹豫地要把地主的私有财产变为农民的私有财产……破坏了统治农民几千年的地主阶级的秩序和尊严……本质上是农民革命的思想。"[1]这样一来,阿Q身上固有精神奴役的创伤,但是他的革命身份是"合法"的,他的"革命理想"是无可非议的。这样的解读无疑极大地偏离了鲁迅的原意,是用"后设"的无产阶级革命的意识形态逻辑对鲁迅作品进行"穿靴戴帽"式的解读。鲁迅后期诚然部分地接受了马克思主义"阶级斗争"学说的影响,但鲁迅前期、中期创作对国民性问题的思考是超越了阶级性的。细读《阿Q正传》文本,我们会发现,赵太爷、假洋鬼子,还有未庄那些"闲人们"又何尝不是"阿Q"?他们的"卑怯、投机、善变"又何尝不是"阿Q"精神的表现?鲁迅不过是从未庄那么多的"阿Q"里面选择了一个最典型的来写而已。

长期以来,关于《阿Q正传》主题的一个非常重要的方面被忽略了,即鲁迅是反对"阿Q式"的革命的。与其说鲁迅是通过"阿Q"反思辛亥革命,不如说鲁迅以其天才的思想家的敏感和预见性,通过"阿Q"这一形象表达了对中国历史后来发展可能性的深刻忧惧和警惕。鲁迅只是借用了辛亥革命的背景,通过一个愚昧、落后的农民在革命时期的表现,表达了自己对中国历史"故鬼重来"的忧惧。伟大的思想家往往同时是伟大的

---

[1] 陈涌:《论鲁迅小说的现实意义》,《人民文学》1954年第11期。

预言家。《阿Q正传》的伟大不在其"对辛亥革命"历史教训的反思，而在于它包含了对中国历史后来发展线索的准确预见。

与反对"阿Q式"的革命形成鲜明对照的是，鲁迅对包括孙中山、章太炎等在内的诸多资产阶级民主革命家的终生崇敬。1925年3月，孙中山在北京逝世，一些政客、文人散布流言蜚语，对孙中山进行攻击和污蔑。鲁迅马上写了《战士和苍蝇》一文："战士战死了的时候，苍蝇们所首先发见的是他的缺点和伤痕，嘬着，营营地叫着，以为得意，以为比死了的战士更英雄……的确的，谁也没有发见过苍蝇们的缺点和创伤。然而，有缺点的战士终竟是战士，完美的苍蝇也终竟不过是苍蝇。"[1]鲁迅后来解释："所谓战士者，是指中山先生和民国元年前后殉国而反受奴才们讥笑糟蹋的先烈；苍蝇则当然是指奴才们。"[2]1926年中山先生逝世一周年，鲁迅写道："中山先生逝世后无论几周年，本用不着什么纪念的文章。只要这先前未曾有的中华民国存在，就是他的丰碑，就是他的纪念。"[3]1927年，鲁迅在广州纪念黄花岗起义烈士时说："中国经了许多战士的精神和血肉的培养，却的确长出了一点先前所没有的幸福的花果来，也还有逐渐生长的希望。"[4]鲁迅所

---

[1] 鲁迅：《战士和苍蝇》，载《鲁迅全集》第3卷，人民文学出版社，2005，第40页。
[2] 鲁迅：《这是这么一个意思》，载《鲁迅全集》第7卷，人民文学出版社，2005，第275页。
[3] 鲁迅：《中山先生逝世后一周年》，载《鲁迅全集》第7卷，人民文学出版社，2005，第305页。
[4] 鲁迅：《黄花节的杂感》，载《鲁迅全集》第3卷，人民文学出版社，2005，第428页。

说的"幸福的花果"自然是指辛亥革命所奠定的中国现代民主政治和宪政的基础。鲁迅于病逝前两天在病中尚念叨:"我的爱护中华民国,焦唇敝舌,恐其衰微……"[1]

  由于思想方式上的特点,鲁迅固是更多地看到辛亥革命的负面因素,然而鲁迅又何曾回避过辛亥革命的伟大与胜利?毋庸讳言的是,在1949年之后的历史书写中,鲁迅对于辛亥革命的缺点和局限的指摘被凸显甚至夸大了;而鲁迅对辛亥革命的深厚感情,对辛亥革命的巨大的历史功绩的认同和肯定却被不同程度地遮蔽了。

---

[1] 鲁迅:《因太炎先生而想起的二三事》,载《鲁迅全集》第6卷,人民文学出版社,2005,第576页。

四　《伤逝》：最清醒的现实主义

鲁迅的唯一一篇以爱情为题材的小说《伤逝》，起初基本上并无什么神秘可言。一般都是把《伤逝》作为对其两年前在北京女子师范大学的著名演讲《娜拉走后怎样》中所表达的思想的呼应，也就是说，《伤逝》某种意义上，就是对《娜拉走后怎样》的精神"图解"。

鲁迅思想方法上的一个重要特点是，即使是在相信某种东西的时候，也由于他一贯的悲观主义的怀疑精神，同时对这种东西保持警惕。比如鲁迅确实相信过进化论，相信"青年必胜于老年"，但他同时又发现"青年又何能一概而论？有醒着的，有睡着的，有昏着的，有躺着的，有玩着的，此外还多"[1];因为相信进化论,鲁迅也一度相信过历史是一个螺旋式上升的发展过程,但同时他又在中国历史的延续中,发现"近乎永恒的轮回",哪有什么"进化"可言!或正以此,鲁迅终身无法摆脱对"故鬼重来"的忧惧。周作人所深喜的《圣经·旧约》里的那句名言,"已有的事后必再有,已来的事后必再来,日光地下并无新事",鲁迅也会深以为然的吧。

  1918年,鲁迅开始为《新青年》杂志写稿,正式加入新文化运动的阵营。加入新文化阵营,意味着接受了《新青年》同仁们的启蒙主张。新文化运动是一场思想文化运动,所以运动的主将们难免夸大思想觉醒、精神觉醒的作用与意义——譬如破竹,只要开一个口子,即可就势迎刃而解。思想、精神的觉醒就是这样的一个关键的"口子"。而鲁迅却由于他深刻的悲观主义的怀疑精神,一面从事着启蒙的工作,一面又不断地表示对启蒙的怀疑。《狂人日记》中,他在小说前面的文言小序里别有意味地交代故事的结局:狂人最后已经被治愈,而且"赴某地候补矣"。这就意味着,作为先驱者、先觉者、"精神界之战士"的狂人最后又汇入庸众之中,成为庸众中的一员;《药》中,牺牲的烈士、革命者夏瑜的血,"算是白流了",他的死不过为酒楼茶肆的看客们嗑牙花子提供了新的谈资;《孤独者》中,先觉者魏连殳起初志在启蒙,却为冷遇和迫害所包围,最后是孤独与寂寞地死亡。鲁迅特地写了魏连殳

---

[1] 鲁迅:《导师》,载《鲁迅全集》第3卷,人民文学出版社,2005,第58页。

死后嘴角上挂着一丝冷笑,这是他留给世界的最后的表情;《在酒楼上》中,敏捷精悍,颇具狂飙突进的五四之风的热血青年吕纬甫,十年后沦落为一随遇、潦倒的中年人,终为现实的琐碎与平庸掩埋。

在这样的思想背景下,鲁迅1923年发表的著名演讲《娜拉走后怎样》并无什么特别之处,他无非是把自己在小说里已经用形象的方法表达过的对启蒙的怀疑,再直接地申说一回罢了。要说有什么特别之处的话,那或者就是这回他对女子"经济权""生存权"的特别的强调。

"于浩歌狂热之际中寒",鲁迅似乎总能在别人都兴高采烈、"浩歌狂热"的时候,敏感到潜伏的危险,并发为警世的惊雷。娜拉出走的一声门响,震动了中国的知识界,多少人为之欢欣鼓舞啊,而鲁迅却偏能"于天上看见深渊",他设想的出走后的娜拉的可能的结局竟然是:若不甘心被饿死,"不是堕落,就是回来"。"堕落"就是沦为妓女或社交场上的高级交际花;"回来"就是重归家庭,重新回到丈夫海尔茂身边,继续充当海尔茂的"玩偶",让"个性"啊,"尊严"啊,"独立人格"啊等等,统统见鬼去。鲁迅说:

　　她除了觉醒的心以外,还带了什么去?倘只有一条像诸君一样的紫红的绒绳的围巾,那可是无论宽到二尺或三尺,也完全是不中用。她还须更富有,提包里有准备,直白地说，就是要有钱。[1]

觉醒诚然是可贵的，但往往也是奢侈的。因为"觉醒"本身并不能变出一日三餐，"觉醒"也并不能自动产生基本体面的生活。用现今的流行语来讲就是"理想很丰满，而现实很骨感"。鲁迅继续说：

> 梦是好的；否则，钱是要紧的。
>
> 钱这个字很难听，或者要被高尚的君子们所非笑，但我总觉得人们的议论是不但昨天和今天，即使饭前和饭后，也往往有些差别。凡承认饭需钱买，而以说钱为卑鄙者，倘能按一按他的胃，那里面怕总还有鱼肉没有消化完，须得饿他一天之后，再来听他发议论。[2]

鲁迅在诸多方面显出他在中国知识分子中的独特，特别看重经济，或者也就"直白地说"吧，特别看重钱，是其中重要一端。毛泽东说鲁迅的"骨头最硬"；毛泽东未必能想到的是，鲁迅的骨头所以能硬得起来，却离不开鲁迅牢固的中产阶级经济地位的支持。1925年，鲁迅与许广平确立恋爱关系后，想得较多的也是如何积蓄足够的钱，为将来共同生活的基础，

---

[1] 鲁迅：《娜拉走后怎样》，载《鲁迅全集》第1卷，人民文学出版社，2005，第167页。
[2] 同上书，第168页。

大概在鲁迅看来，没有了钱，爱情的成色也会打折扣的吧。

接下来，就是那句广为人知的名言：

> 自由固不是钱所能买到的，但能够为钱而卖掉。[1]

我们现在经常说的所谓"财务自由"，若翻成英文，则最好不要望文生义地译作financial freedom，而应译为financial independence。独立（independence）是自由（freedom）的前提，或者说，"自由"是"独立"的题中应有之意。自由独立的经济生活是自由思想与独立人格的坚强后盾与实际保障。

鲁迅1925年写成的小说《伤逝》与两年前的演讲《娜拉走后怎样》有显而易见的互文关系。涓生与子君都是那个年代的觉醒者。觉醒首先是人自身主体性，或者说主体意识的觉醒，它自会让人焕发出一种"冲决网罗"的勇气与力量。我们发现，就勇气与力量而言，后觉者子君不仅丝毫不让于先觉者涓生，反比涓生显得更为干脆与果决。"我是我自己的，他们谁也没有干涉我的权力"，多么掷地有声！于是先觉者涓生从中看到"中国女性并不如厌世家所说那样的无计可施，在不远的将来，便要看见辉煌的曙色"。

子君这个人物让我产生的一个感受是，在一个男性主宰的

---

[1] 鲁迅：《娜拉走后怎样》，载《鲁迅全集》第1卷，人民文学出版社，2005，第168页。

社会里，作为弱者的女性或比男性更容易产生爱情的幻觉，因为她们太需要爱情这种精神力量的支撑与支持；可以作为我的这种感受的"反证"是，越是优秀的女性，对于爱情的态度越是容易倾向虚无，因为她们不必倚靠男性也可以生活得很好，所以也就没有必要有意无意"逼"自己去编织"爱情"的幻象。

然正是涓生与子君对于爱情的理想主义理解在现实的铜墙铁壁面前终于难掩其苍白与虚无。起初会馆里的热恋，饱食暖衣，饭后茶余，"谈家庭专制，谈打破旧习惯，谈男女平等，谈伊孛生，谈泰戈尔，谈雪莱……"，当然是让人欣喜与激动的；一旦搬出会馆，"在吉兆胡同创立了满怀希望的小小的家庭"，似乎是水到渠成地开始了同居生活之后，则需要面对每日里"川流不息"的琐碎日常。柴米油盐、鸡毛蒜皮已经开始渐渐磨损爱情的光泽：

爱情必须时时更新、生长、创造……

这句涓生对子君说过，后来经常被人作为励志金句引用的话，恰是两人关系中"厌倦"已然开始萌芽的证明。凡人的生存无非是日复一日的单调流年，"时时更新、生长、创造"的始终处于"沸腾"状态的生活本无处寻觅。爱情的出路需于生活的琐碎与庸常中觅得，爱情的真味亦需于生活的琐碎与庸常处品尝。或正如梁启超那封致婚变中的徐志摩的"规劝信"

所言,"天下岂有圆满之宇宙?当知吾侪以不求圆满为生活态度,斯可以领略生活之妙味矣"。否则,抱定高入云霄的理想主义,爱情的唯一出路就只能是"爱人必须时时更新"了。我挥之不去的一个感觉是,果有一个男人如涓生那样对一个女人说"爱情必须时时更新、生长",他的潜意识里,需"时时更新"的,或并不是"爱情",而正是"爱人"。

就在"爱情"在日常生活的庸常与琐碎面前渐显无力而岌岌可危之时,命运又给了这一对青年男女致命一击:作为小家庭唯一的经济来源的涓生失业了。这个突发事件无疑加深、加重了二人间本已有的隔膜。失业初临,二人尚能强打精神,子君口头上说"那算什么,哼,我们干新的",但声音却是浮浮的,显得空洞,连她自己也未必相信的吧;涓生则一再说这只是"极微末的小事情",并且马上开始着手写小品、译书,指望用稿费来维持生存,心却不时"跳跃着",这自然是随越来越不确定的未来而来的惶恐。

无奈现实是太坚硬了,容不得丝毫的不切实际的幻想。基本的一日三餐,基本的维持尊严与体面的生活,都不是知识分子动动嘴皮子、笔头子那般,可以脱口而"出",摇笔即"来"。

当基本的生存难以为继的时候,涓生最终对子君说出了那句直接导致子君出走,继而死亡的话:

我已经不爱你了。

问题在于，涓生是如何使自己相信，他当初就是"爱"子君的呢？我的感觉是，涓生自始至终就没有真正"爱"过子君。我一直相信，真正的爱情，必有力量，不会那么不堪一击；我也一直相信，这"真正的爱情"肯定存在，只是这爱情与大多数人无缘，因为它对人性的要求太高了。如美国人弗洛姆在《爱的艺术》中所言："爱绝非是一种任何人都可轻易体会的情感，人必须竭尽全力促成其完善的人格，形成创造性的心理倾向，否则他追求爱的种种努力注定要付之东流。不具备本真的谦卑、勇气、信仰与自律者，不可能获得爱的满足。"凡俗之人其实就是某种意义上不同程度地丧失了爱的能力的人。综合小说中涓生的种种表现，他的肤浅，他的自私，他的毫无责任感，使我们几乎可以认定，涓生就是基本上不具备"爱的能力"的人。

我觉得，把英文eros翻译成"爱欲"的翻译家真是天才。其实对于涓生这样的千千万万的凡俗之人，多数情况下，是误认"爱欲"为"爱情"了。换句话说，爱在涓生那里，顶多就是"爱欲"，远远没有抵达"爱情"的层次。而由"爱欲"维持的关系，不管是情人，还是婚姻，总是不堪一击，最后难免一败涂地的。

而读过小说的人都知道，这一句"我已经不爱你了"对于子君是致命的。哪怕子君已经明明感到"涓生已经不爱我了"，但只要涓生不明言，子君就会继续说服自己去相信"涓生还是爱我的"。毕竟,对于虽有所谓"觉醒"但视野偏狭一如传统女性(这"觉醒"与"偏狭"是一对矛盾,"觉醒"得太快,视野和识见跟不上,是造成子君的悲剧的一个原因)的子君,涓生的"爱"就是她维系残生的唯一希望。世间有多少婚姻就是靠了这种"自欺",方得以维持。这说起来触目惊心,其实正是人世残酷的真相。然而涓生明言了,子君已经退无可退,她最后的出走与死亡几乎就是注定的。

小说里接下来就有了鲁迅那声著名的浩叹:

人必生活着,爱才有所附丽。

我在多次转述的时候,总是照顾鲁迅的原意和现在汉语的表达习惯,把这句话转述成"生存,爱才有所附丽"。在鲁迅看来,生存与爱情,就是"皮"和"毛"的关系。皮之不存,毛将焉附?

鲁迅是现代中国最清醒的现实主义者。作为一个思想家,固然是越现实、越清醒越好,但我想提出的问题是,对于一个作家,是不是同样需要如此?

刘震云说过一句很好的话:生活停止的地方,文学出现了。正因为"理想"在现实中遭围堵、囚困,四处碰壁、走投无路,所以人类需要文学。文学在某种意义上,就是供我们人类安放"理想"的一个所在。王小波说:生活就是一系列的囚笼与噩梦,小说却不可以把"囚笼"与"噩梦"当成全部来写。在王小波看来，小说，或者说文学的事业所以迷人，就是因为可以做一些"囚笼"与"噩梦"以外的事情。我相信王小波的意思必是，文学不负责反映现实，文学只负责对现实的"超越"，文学就是现实围困中的精神突围，就是哪怕当我们有一千个理由否定"爱情"的时候，依然要以一千零一个理由说出对爱情的"含泪的肯定"。

我曾在文章里比较过夏洛蒂·勃朗特的《简·爱》和艾米莉·勃朗特的《呼啸山庄》。对于《简·爱》来说，是"既然如此，我宁愿不爱"，让爱情受制于世间法则；对于《呼啸山庄》来说，是"即使如此，我要爱"，是哪怕明知前面是万丈悬崖、粉身碎骨，依然勇于奔赴。

《伤逝》写的是爱情的困囚与溃败，《呼啸山庄》写的却是爱情的超越与超升；《伤逝》里现实战胜了爱情，《呼啸山庄》则让爱情战胜了现实，甚至当事人肉身已入坟墓，爱情依然没有停止它尖利的"呼啸"：

> 我在那温和的天空下面，在这三块墓碑前留连！望着飞蛾在石南丛和兰铃花中扑飞，听着柔风在草间吹动，我纳闷有谁能想象得出，在那平静的土地下面的长眠者，竟会有并不平静的睡眠。[1]

---

[1] 艾米莉·勃朗特：《呼啸山庄》，杨苡译，译林出版社，2011，第316页。

如果把现实性作为文学的衡量，《呼啸山庄》不能跟《简·爱》，也不能跟《伤逝》相比；但就文学的精神高度而言，《简·爱》与《伤逝》又都不能跟《呼啸山庄》相比。《简·爱》与《伤逝》传达给我们的关于"爱情"的经验与我们在现实世界里形成的关于"爱情"的经验是具有同一性的；而《呼啸山庄》中的"爱情"则远远超越了人类日常经验可以理解的范围。艾米莉·勃朗特以她近乎是超凡入圣的精神伟力让爱情成为一种与现实，甚至与人自身对峙的伟大力量。爱情在艾米莉的文本世界里，既属于人，又不属于人，爱情是人身上的一种"神性"。"爱情是那么强烈，它可以把人摧毁，把你的理智摧毁，把你的肉体摧毁，而它永远存在"[1]，它的巨大的成全力与同样巨大的破坏力让人在讶异、惊愕之余，唯有震撼。

在现实的世界里，我们或多如涓生一般在坚硬的现实面前放弃理想，放弃爱情，选择妥协与庸碌；但在文学的文本世界里，爱情却可以从现实的围困中超拔而出，如同上天的一团辉光，"照亮你的生命，永远照亮你的生命"[2]。

我这样说像是在批评《伤逝》，其实就是表达我的一个经久的困惑：在现实的世界里，爱情没有出路，所以在文学中我们也不给它出路，是不是某种"精神贫弱"的表现？一味地让爱受制于生存问题、吃饭问题，是不是对爱的价值的贬损？

---

[1] 王安忆：《心灵世界——王安忆小说讲稿》，复旦大学出版社，2007，第143页。
[2] 同上书，第139页。

附录一

爱是难的

　　毫无疑问,爱与美在现代中国命途多舛。在相当长的历史时期,这两个字眼是和"资产阶级""温情主义"等表示贬义的词联系在一起的。

　　中国20世纪的思想先锋鲁迅有一篇著名的小说《伤逝》,涓生与子君对爱情的理想主义理解在现实的铜墙铁壁面前终于"难掩其苍白与虚无"。作为清醒的现实主义者的鲁迅据此发出浩叹:"生存,爱才有所附丽。"在鲁迅看来,爱是生存的"皮"上可有可无的"毛"——皮之不存,毛将焉附?我们在服膺于鲁迅清醒的现实主义的时候,是不是也该想到,这样的让爱受制于生存、受制于吃饭问题,难道不同时也是对爱的价值的贬损?20世纪初鲁迅的这声浩叹和20世纪末女作家池莉"不谈爱情"的宣言遥相呼应,勾勒出20世纪中国思想主流阐释爱情的现实主义思路。

　　其实,对爱与美的排拒在汉语思想的语境下是毫不足怪的。老黑格尔两百多年前便在《历史哲学》中说过:"凡属精神的东西,一概离中国人很远。"我想,即使是那些出于狭隘的民族情感向黑格尔频挥老拳的新儒家,可能私心里也不得不佩服老黑的睿智与卓识。无可否认,汉语思想确有黑格尔指出的否定精神价值的倾向，这种倾向说得好听一点，叫实用理性；说得难听一点，便是"吃饭哲学"。

我曾在一篇文章中写过这样一段话："中国精神已经让人匪夷所思到用有用与无用来评判爱与美的程度。是啊，爱与美能当包子吃吗？似乎只有爱与美当着中国人的面变出一块银元来让他们看看，他们才会接受似的。"话说得尖刻难听了些，但提出的问题我至今依然坚信绝非毫无针对性。

先哲说：美是难的。

其实，爱也是难的。现实生活中否定爱情的因素确实很多，柴米油盐、一地鸡毛。但恰恰是因为这些否定爱的因素的存在，爱对于人类就是一种召唤，召唤人类用自己的智慧、信念、意志去证明爱的存在。弗洛姆写道："爱绝非是一种任何人都可轻易体会的情感，人必须竭尽全力促成其完善的人格，形成创造性的心理倾向，否则他追求爱的种种努力注定要付之东流，不具备本真的谦卑、勇气、信仰与自律者，不可能获得爱的满足。"张爱玲借小说中人物之口说："生在这世上，没有一样感情不是千疮百孔。"而人的精神的高贵处即在不能让这些世间不如意湮灭了智慧和信念，唯其不完满，那才更是需要智慧和信念的时候。爱是召唤，也是考验，在这样的考验面前退却是容易的；在人世的千疮百孔面前，依然守持对爱的坚定信念却很难。鲁迅"生存，爱才有所附丽"的浩叹和池莉的"不谈爱情"的宣言，不恰恰证明了中国精神的贫弱？

爱原本即与苦难相伴相生，"最强烈的爱都根源于绝望，最深沉的痛苦都根源于爱"。贵州作家何士光在他写成于1974年的小说《草青青》中那段关于爱情的沉思永远激荡着我的心魂。何士光写道:"爱情从来不只是允诺轻柔和快乐,也不允诺每一个人到头来都一样,都终成眷属、白头偕老,爱情更本质的使命是吸引善良的人们相互靠近,彼此用一种更健全的情怀来看待人和人的日子。"在我理解,这种健全的情怀即是对苦难的虔敬,在苦难的水深火热中依然守持对爱的坚定信念与希望,从而构筑人性尊严的骨骼。

爱作为自由意志,是人的尊严的凸显,它拒绝"世间法"的宰制与规约。任何欲以此世的,有时甚至是人为虚构的"世间法则"规约爱的行为,必然是一种精神暴力,是对人的精神的侮辱。作家王安忆这样解释相对于《简·爱》,《呼啸山庄》更给她以心灵的震撼的原因:简·爱的爱情在正常人的经验范围之内,是用此世的经验规约、限制爱情的结果。"你(罗切斯特)是主人,我是家庭教师;你那么有钱,我没钱,所以我不能爱你,等你将来没钱了,老婆也死了,我才可以爱你。"由过往的苦难培育出的病态的自尊让简·爱不敢面对爱的自由意志。《呼啸山庄》则不同,"它是一种力量,这种力量已经变成与我们人类对峙的力量",任何此世的关于爱的规则与经验在爱情的伟大力量面前,都那么无力、软弱,"终于是死亡的结局,但由于不死的爱情,你的肉体虽然消灭,你的灵魂却汇入永恒"。无疑,《呼啸山庄》在中国的影响是无法跟《简·爱》相比的。这也从一个侧面反映出,在中国实用理性精神的牵绊下，爱情一直未能从现实利害的规约下超拔出来，爱情一直未能作为自由意志翱翔于人间的苦难之上，从而成为人类的不死的理想的精魂，把千疮百孔的我们生活的世界"置于永恒的光芒之下"。

汉语中有两个副词可以借用来表达勃朗特姐妹对爱情的不同理解。在夏洛蒂（《简·爱》的作者）那里是"既然"如此——既然如此，我的爱便不能违背我的平等原则、我的良心原则，否则，我宁愿不爱；在艾米莉那里是"尽管"如此——尽管如此，然而我爱。我被抛入深渊，我承受着重负，我的爱遭到了凌辱，然而我爱，在困境和悲苦中依然说出对爱的含泪的肯定。

简·爱的爱情表白还让我想到了鲁迅的另一句名言："贾府的焦大是不会去爱林妹妹的。"这种"爱憎分明的阶级立场"，给爱情设置了不可逾越的重重壁垒。焦大不会去爱林妹妹，所以小二黑就只能去爱同一营垒的小翠，王贵也只能去爱李香香，阶级意志扼杀了爱的自由意志，"阶级站队"变成了对爱的囚困。

如今，当市场时代的人们坐在电视机前重温《钢铁是怎样炼成的》传达给我们的过往岁月的理想主义激情如啜饮经年的陈酒，又有多少人能想到：保尔沿着革命的康庄大道掉头不顾，可由谁来擦去冬妮娅脸上伤心的泪水？

爱是难的，难就难在它是"疲惫生活里的英雄梦想"，难就难在当我们有了一千个理由否定爱的时候，依然要以一千零一个理由说出对爱的含泪的肯定。

附录二

鲁迅的"骨头"为什么硬得起来?

上中学的时候,对于《顺境与逆境》的作文题,甚至都不需要老师有意无意的暗示,几乎所有的同学在作文里都认为:逆境更有利于一个人的成长与成材;优裕的生活则会使人心生怠惰,不思进取,碌碌无为。现在想来,大家所以能够几乎无人例外地对这类作文的"立意"心领神会,是因为在我们的潜意识里,只有这样写才能表明自己的"道德正确"和"政治正确",一旦不这样写,比如说写成"顺境才有利于人的成长与成材"就有可能被老师认为思想有问题。

我也是很多年以后,才感觉到,如此对待"顺境与逆境"才是成问题的。固然可以举出很多身处逆境然意志益坚的成功者作为立论的依据,"逆境出人才"似乎也更能从中国古代典籍中寻求到呼应。孟老夫子所谓"生于忧患,死于安乐",那位号称"宋代文坛领袖"的欧阳修所谓"忧劳可以兴国,逸豫可以亡身",还有那句在民间更广为人知的"自古雄才多磨难,纨绔子弟少伟男"等等。然而即使有一万个"艰难困苦,玉汝于成"的成功者,也无法抵消生活本身告诉我们的这样一个事实:更多的人其实是被逆境给毁掉了,从而无法在历史上留下痕迹供我们援引；更多的人被贫穷毒化了心灵，扭曲了灵魂，湮灭了智慧和才华，甚至吞噬了生命。

绰有余裕，不必为柴米发愁的宽松的生活环境对于一个人的精神的升华，对于一个人的创造力的发展其实是很重要的。陈寅恪先生抗战时期在给傅斯年的信中说了这样一段话："弟之生性，非得安眠饱食，不能作文，非是既富且乐，不能作诗，平生偶有安眠饱食之时，故偶可为文，而一生从无既富且乐之日，故总做不好诗。"虽是以调侃的口气说的，恐也是感慨系之的悟道之语。自由独立的经济生活是自由思想与独立人格的坚强后盾与实际保障。

鲁迅先生在《娜拉走后怎样》这篇著名的演讲中说：

> 钱，——高雅的说罢，就是经济，是最要紧的了。自由固不是钱所能买到的，但能够为钱而卖掉。人类有一个大缺点，就是常常要饥饿。为补救这缺点起见，为准备不做傀儡起见，在目下的社会里，经济权就见得最要紧了。……在经济方面得到自由，就不是傀儡了么？也还是傀儡。无非被人所牵的事可以减少……

中国读书人往往以"君子"自我标榜或自我期许，而君子是"谋道不谋食"的，所谓"君子喻于义，小人喻于利"。孔夫子讲要"安贫乐道"，所以他最喜欢的弟子是颜回，所谓"一箪食，一瓢饮，在陋巷，人不堪其忧，回也不改其乐"。

要之，颜回也需要有"一箪食，一瓢饮"可供充腹，方可"乐"得起来，若是像孔夫子当年"在陈"绝粮，饿得前胸贴后背，两眼冒金星，我就不相信会有什么"乐处"。其实，孔子之后约四百年，司马迁即在《史记·货殖列传》中与儒家唱了反调："若至家贫亲老，妻子软弱，岁时无以祭祀进醵，饮食被服不足以自通，如此不惭耻，则无所比矣……无岩处奇士之行，而长贫贱，好语仁义，亦足羞也。"上不能养父母，下不能蓄妻子，举家冻馁，而高谈仁义，是一件很丢脸的事情。可惜的是，太史公一番洞达世情的老实话千载而下竟落得"轻仁义而羞贫贱"之苛评。

都说鲁迅的骨头硬，然鲁迅的骨头所以"硬"得起来，离不开中产阶级经济地位的支持。鲁迅对金钱的极度关心显得是那么鲜明而独特。他在《碰壁之后》中说："古人所谓'穷愁著书'的话，是不大可靠的。穷到透顶，愁得要死的人，那里还有这许多闲情逸致来著书？我们从来没见过候补的饿殍在沟壑边吟哦；鞭扑底下的囚徒所发出来的不过是直声的叫喊，决不会用一篇妃红俪白的骈体文来诉痛苦的。"为了争取经济权，鲁迅甚至不惜与先是学生、后是挚友的北新书局老板李小峰翻脸，就版税问题对簿公堂；为了争取经济权，鲁迅曾一再向自己供职的教育部索取欠薪，并将内幕公之于众。正是牢固的中产阶级的经济地位才使得鲁迅能够摆脱官的威势、商的羁绊，才使得鲁迅即使是走着"独战"的道路也没有被中国社会无边的黑暗所吞没。

附录三

如果我是路遥

距今二十多年前，我有过几年特别缺钱的日子。最惨的一次是早晨起来，摸摸身上，只剩一块八毛钱！我在江苏教院食堂门口那棵松树下徘徊，纠结着是吃早餐呢还是去买烟。最后还是买了包大前门，只好饿着肚子去上课。那时我在省城进修，已经是看着就奔三十的年龄。那几年因为缺钱而付出的人格损耗，今生恐也无从弥补。

缺钱的日子在我身上留下诸多后遗症，比如一看到钞票，眼里放出的光跟那些倒霉男人头上的帽子一个色儿；再比如兜里总要装几百块钱，否则心里发慌，走路也像要发飘。有时临上课，摸摸口袋没钱，冒着迟到的风险，也要到校园里的取款机上取上几张，宝贝一样揣兜里，仿佛身上不装点钞票，讲起课来也不那么有底气似的。

正因为过过缺钱的日子，我特别看重钱。对那些找钱能力特别强的人，我嘴上不说，心里是敬重与佩服的。如果有来生，我或会把"没有钱，毋宁死"作为人生指南也说不定的吧。我现在一所大学中文系教书。我的课堂无甚特色；如果非找个特色的话，可能就是我经常在课上宣讲钱的好处。前阵子北京大学有女生写文章《感谢贫穷》。光这四字标题就把我震倒了！应该感谢父母的劳苦，感谢自己的努力……怎么可以感谢贫穷！我觉得这个女生人是考进了北大，脑子却坏掉了。她难道不知，更多的人被贫穷毁掉了；他们被贫穷扭曲了人性，湮灭了智性，甚至吞噬了生命，当然也就没有机会写一篇"感谢贫穷"供人们刷屏。

我的基本观点是，绰有余裕，不必为柴米发愁的宽松的生活环境对于一个人的心智以及创造力的发展是重要的。我希望这能成为所以要"全面建成小康社会"的一个理由，而况钱的好处又何止于斯！有了钱才有自由！有了钱我会变得更宽容，有了钱我对生命的恻隐和悲悯将不仅仅停留在口头上；更为重要的是，对于一个写作者，有了钱，思想的境界和视界都会不一样。

最近，路遥又被谈论得比较多。路遥是把自己写死的。我觉得一个作家，应该靠自己的作品立得住，怎么能靠把自己写成"烈士"！文学创作又不是打仗冲锋。路遥生前是陕西文坛的获奖专业户，每次获奖对路遥的弟弟王天乐来说都是一次折磨，因为每次都要带累他为路遥筹措进京领奖的路费。后来，路遥已经害怕再得奖了，他实在凑不足领奖的路费了。因为钱，路遥和弟弟王天乐虽不至反目，却已是矛盾重重；因为钱，妻子和女儿离他而去……

如果我是当年的路遥，或者说当年的路遥如果换作现在的我——我当然不是说，我一不留神也能写出一部《平凡的世界》，而是想说，我才不会去写什么劳什子小说。我要先解决我的财务问题，从而也让自己活得潇洒些、滋润些。有人可能会说，那样，我们就没有《平凡的世界》了，这也是；但，没有，又如何呢？

如果允许讲实话，我不得不承认，《平凡的世界》是一部让我无法佩服的作品，虽然据说它居各大高校图书馆图书借出率的前几名。陕西作家的作品，我佩服陈忠实的《白鹿原》，佩服贾平凹的《废都》，却无法佩服路遥的《平凡的世界》；但我佩服路遥的《人生》。路遥在那么年轻的时候，就能写出《人生》这么深刻的东西，难免让我们对他的文学未来作联翩浮想。据说《平凡的世界》的创作动因之一是有人称"《人生》是路遥难以跨越的标杆"，这是怀抱巨大"文学野心"的路遥断断不能接受的。然而现实很残酷，最起码在我看来，篇幅超过《人生》几十倍的《平凡的世界》思想和艺术上皆不能与《人生》相比，它能拥有那么庞大的读者群，本身就值得深长思之。

经济上的长期困窘局限了路遥思想的境界和视界，也影响了路遥艺术才能的发挥，使得路遥未能向思想和艺术的更深处掘进。逝者为尊是我们的传统，这样的传统难说它好与不好；何况路遥在中国文坛已然成为一种文学精神的象征，所以以上这些对前辈颇有"不敬"的话，竟没有或少有人说。那么，就由我来做《安徒生童话》中的那个小孩子吧。

好的文学需要好的生活状态、生活品质的滋养。苦难是艺术的源泉，这句话要么是骗人，要么是它的含义被普遍误会。

我觉得还是王小波看得明白：别人的苦难才会是你的艺术的源泉，你的苦难只会成为别人艺术的源泉。

五　现代经典散文教学札记二题

朱自清《背影》的背影

　　朱自清先生的《背影》开篇就说："那年冬天，祖母死了，父亲的差事也交卸了。""父亲"的差事因何而"交卸"，"祖母"又因何而"死"，朱自清在文中没有交代。中学里的语文老师要么是不知道这些背景材料，要么是即使知道，也认为和文章主题无关紧要，或者认为这些事"上不得台盘"，大抵不会对学生讲。

　　朱自清的父亲朱鸿钧在徐州榷运局长的任上，娶了两房姨太太。原先老家扬州的潘姓姨太太得知此事，便跑到徐州大闹。这一闹就把朱鸿钧的"差事"给"闹"得"交卸"了。朱鸿钧的母亲,也就是朱自清的祖母因此一病不起。所以,说朱自清的祖母是被朱自清的父亲气死的,未必十分错。

出于"为尊者讳"或"不宜外扬"之虑,朱自清自然可以对这些事欲言又止、躲闪其词,但我们今天若是想更深刻地理解散文名篇《背影》,更深刻地理解其中包孕的人生的沉重与感伤,却不可不对这些背景材料加以重视。把这些"陈芝麻烂谷子"抖落到阳光下,比让它们在潮湿阴暗的历史时间的角落里霉烂变质要好。

言及朱自清与他的父亲在感情上的疏离,还不仅仅是由于朱父在感情上的"出轨"。朱父在与朱自清的原配夫人的关系上"处置非当"或许也是原因之一。朱自清的原配夫人是扬州名中医武威三的独生女武钟谦。朱自清写于1923年的小说《笑的历史》中的主人公,是一个旧式大家庭里的"少奶奶"。"少奶奶"在娘家为姑娘时就爱笑,这个时候"爱笑"是可以的,或许还是"贫寒家庭里的一线阳光",嫁到婆家来还"爱笑",可就成了"不守妇道"的证据;尤其是当家庭开始衰败,你还"爱笑",则更成了公婆眼中之钉、肉中之刺。一个本天真烂漫、爱说爱笑、活泼健壮的人,后来弄得"身子像一只螳螂——尽是皮包着骨头,……哭是不会哭,笑也不会笑了"。朱自清的《笑的历史》就是以自己的原配武钟谦为原型写的。据朱自清先生的弟弟朱国华回忆,朱自清的父母读了这篇小说,"很不高兴"。武钟谦后来于1929年死于肺病,终年抑郁不欢、积劳成瘵无疑是致病的一个原因。

问题的关键是，为什么朱自清在写《背影》的时候，竟原谅了自己的父亲，并开始感念父亲的"好"？写《背影》时的朱自清处于怎样的人生阶段，又面临什么样的人生困境？查与写《背影》差不多时间的朱自清日记："晚与房东借米四升……又向荣轩借六元……三弟来信催款，词甚锋利，甚怒，骨肉之情，不过尔尔……向吴微露借款之意，他说没有……当衣四件，得二元五角。连日身体颓唐，精神也惶惶不适，甚以为虑……向公愚借六元，愧甚。"在现代中国高级知识分子群体中，朱自清也许是最具书生气的一个，也是最不善于操持生计的一个，加以子女多，独立支持生活的艰难、生计上左支右绌的狼狈与苦辛甚至使他绝少能体会到儿女绕膝承欢的天伦之乐，更多的反是厌烦，诸般思绪在他的散文里在在可见：

> 我现在已是五个儿女的父亲了。想起圣陶喜欢用的"蜗牛背了壳"的比喻，便觉得不自在。新近一位亲戚嘲笑我说："要剥层皮呢！"更有些悚然了。[1]

现在我们可以得出一个基本结论：多年以后的朱自清正是在自己深味了生存之艰难与自己面对生活的无力的时候，开始了对父亲的谅解与感念，并在《背影》里以艺术的方式表达了

---

[1] 朱自清：《朱自清散文》，岳麓书社，2021，第28页。

这种谅解与感念。"他少年出外谋生，独立支持，做了许多大事"，这样的句子里有对父亲的能力的深佩，更有朱自清自己的深愧、自责与叹息。

曾有学者力主从中学课本里删除《背影》，理由是朱自清的父亲"不慈不孝"。我当时并没有参与讨论。我觉得《背影》的删与不删实为两可，汉语的好文章多的是，大可不必为一篇散文的去留争得舌敝唇焦。一个也许更为重要的问题是，语文老师该如何给学生讲《背影》？把朱自清写《背影》的诸多背景抽离，甚至刻意回避，仅仅强调"父子情深"的"正面"意义，不仅不该，也不必。《背影》区区千把字，然所以厚重，正离不开独特的背景的支撑。《背影》的重要性不在"父子情深"，而在一个中年男人对父亲谅解与感念背后的愧悔与叹息，那是面对生活的无力感与沧桑感，是人生的沉重与感伤。

在我们的教育中，历史一直在被"选择性"记忆；生活也一直在被"选择性"呈现。历史和生活皆被分成"适合向学生讲的"和"不适合向学生讲的"两部分。对历史进行"选择性"记忆，则往往不能告诉学生"这里发生过什么"；对生活进行"选择性"呈现，则不利于培养学生健全的人格。生活的残酷、人生的残缺与伤痛以及人性的亏欠与脆弱倘正是真实的世界的一部分，所谓健全的人格，也必包含对这些人生与社会的负面因素的直面与容纳的能力。更为重要的是，世界唯其不完美，那才正是需要智慧、意志与信念的时候；生活唯其残酷，方证明了谅解、宽容与爱的必要。

人生的惨淡、生活的残酷，学生迟早都要面对；让他们早点有心理和思想上的准备，总比让他们到时手足无措、慌不择路要好。甚至可以说，他们已经在这种惨淡与残酷之中，你刻意遮掩和回避的，生活本身也会告诉他。比如由现今的教育体制，又经由我们教师之手亲自制造的"惨淡"与"残酷"，在校园里又何可谓少！

从三味书屋里那幅画说起

鲁迅《从百草园到三味书屋》讲到"三味书屋"的牌匾下挂着一幅画，"画着一只很肥大的梅花鹿伏在古树下"。"树"者，谐音"书"也；"古树"，即言"古书"也；"鹿"者，禄也；"鹿"而"肥"，高官厚禄也。所谓"书中自有黄金屋，书中自有千钟粟"，科举时代读书无非就是富贵的敲门砖，说得好听一点，叫"学成文武艺，货与帝王家"；说得难听一点，还不就是当官发财。

此种借音取义的"寓意画"自非中国艺术的主流，但在民间却广有市场。蝙蝠长相酷似老鼠，于是有一种传说，蝙蝠是老鼠误食巴豆后变的，加之古希腊的伊索老头因其"似鸟非鸟""似兽非兽"而赋予其"骑墙"性格，在西方可谓受尽奚落；然这种丑八怪在中国却可因其名字中"蝠"与"福"的谐声关系独享一份尊荣。大户人家门厅上的浮雕往往雕五只蝙蝠，寓意"五福临门"也；年画上画一只蝙蝠与桂花数点，"福增贵子"也；把蝙蝠刻在一寿桃上，"福寿延年"也；把多只蝙蝠刻在多只寿桃上，"多福多寿"也……

周氏兄弟早年在绍兴乡间即没少受此种民间艺术"精神"的濡染。周作人《苦茶随笔》里有一篇《画廊集序》，讲到北方的年画——南方谓之"花纸"，其幼年见到的"花纸"里，即有好些寓意画的内容，"譬如松树枝上蹲着一只老狲猁，枝下挂着一个大黄蜂巢"。知堂没有交代这幅"花纸"的寓意，当然是因为中人之资便可一望而知，不值得多费笔墨。蜂者，"封"也；狲猁即猴，而猴者，"侯也"。合在一起即是拜相封侯，大富大贵之意也。

"寓意画"虽然有时候或可依马列文论的"人民性"理论勉强解作"劳动人民对美好生活的向往"，究其实却是前现代"巫风"之遗留。胡适1928年写有《名教》一文，胡氏引《礼记·仪礼》"名，书文也，今谓之字"，释"名教"为"崇拜写的文字的宗教"，"信仰写的字有神力，有魔力的宗教"。豆腐店老板梦想发大财，便请村里的王老师写副门联"生意兴隆通四海，财源茂盛达三江"——这也可以过过发财的瘾了。王乡绅也有他的梦想，于是也写了副门联"总集福荫，备至嘉祥"。胡氏所举例子中尚有济南事件发生后，街上到处是标语，有写"枪毙田中义一"的，有写"活埋田中义一"的，有写"杀尽矮贼"且把"矮贼"两字倒转来写——"矮贼"倒写，"矮贼"也就算打倒了。这些和小区墙上经常见到的"狗日的王小三不得好死"及时下某些人士在车屁股后贴"杀到东京",属"其事固异,其理则同"类。若依胡适对于名教的解释,借音取义的寓意画实为拐了点弯儿的从而也就不那么质朴的"形象"化了的名教思想而已。

寓意画因其既浅且俗,如前述并非中国艺术的主流,但若说对主流艺术精神毫无影响,也并不是实情。前阵子在某鉴宝类节目上得睹民国时期画坛名宿汪榕先生的一幅花鸟立轴。画面上有石榴,石榴多子,寓意"多子宜男";石榴上栖息的鸟为白头翁,寓意"白头偕老"。这幅画显明是汪老为某户人家结婚志喜而画,至于是迫于生计,还是为了友情难却而画,不得而知。有意思的是,汪老的画下款一般署其字"慎生",这幅却署的是"汪榕"。专家的解释是,结婚是喜庆的事,你让人家"慎着点生",那成什么话!可见即使是名家,书斋之内尽可以风雅、高蹈,到了应付民间的人情酬酢,还是不得不向此种既浅且俗的"艺术"风尚低首妥协。钱锺书短篇小说《猫》里,陈侠君的伯父,有名的国画家,即凭此技艺在上海滩立脚,比学洋画的陈侠君活得滋润多了。银行经理让他给画幅中堂,要切银行,要口彩好,还不能俗气露骨,他便画一棵荔枝树,结满了大大小小的荔枝,题曰《一本万利图》。他画得最多的还是《幸福图》:一株杏花,五只蝙蝠,题曰"杏蝠者,幸福谐音也;蝠数五,谐五福也"。

写到这里我忍不住要跟时下的教育开个玩笑。若给现在的中小学,尤其是高中的教室挂一幅画,既要切题,又要口彩好,还不能俗气露骨,画什么好呢?我看莫如画一棵柏树,柏树上蹲一只青蛙。至于寓意,我想也是明眼人便可一望而知的。章太炎先生早年讲"俱分进化",即谓好的东西在进化,坏的东西也在进化。这些年教育确是在发展,可"发展"的往往是它的狭隘!先前还只强调升学数(率),后来开始讲本科数(率),现在在很多地方已经狭隘到只以考取两所所谓"名校"数来衡量一所学校、一个地方的办学实绩。那么多官员虎视眈眈向这个数字里要政绩,此所以现在的教育乱象丛生,怪象迭出也。

附录

从"木兰停机"说起

到中学里听课,常有意想不到的收获。那天听语文名师王广凤老师上《木兰诗》,讲到诗的第一段"唧唧复唧唧,木兰当户织。不闻机杼声,唯闻女叹息",广凤老师用"木兰停机叹息"概括此段段意。王老师话音未落,课室里已是稀稀落落的笑声。等到王老师问"张亮同学,你说说木兰为什么停机",就有调皮的男生在下面代张亮回答"木兰没有交话费",于是满座哄堂。

广凤老师当然不是故意玩噱头哗众取宠,而况用"木兰停机叹息"概括首段段意,很恰切。写木兰"停机叹息",而从爷娘的听觉里出之，正是妙处；"停机"一词且很古雅。关于"停机"最广为人知的故典当是范晔《后汉书·列女传》记乐羊子妻"训夫"事。羊子出外求学，一年即返家，妻问其故，羊子答以"久行怀思"。其妻其时正在织布，乃停机"引刀趋机"。接下来羊子妻对羊子说的一番话，由于《乐羊子妻》长期入选中学语文课本，故在中国孺子能诵："此织生自蚕茧，成于机杼，一丝而累，以至于寸，累寸不已，遂成丈匹。今若断斯织也，则捐失成功，稽废时月。夫子积学，当日知其所亡，以就懿德。若中道而归，何异断斯织乎？"又，早范晔五百多年有西汉韩婴《韩诗外传》记"孟母教子"事：孟子少时读书，经常因为贪玩分心，其母引刀裂断其织，以此诫之。孟子从此勤学不息，遂成大儒。比韩婴稍后的西汉刘向《列女传》亦载此事，稍有出入，而大抵不差。宋人编就的《三字经》中"昔孟母，择邻处，子不学，断机杼"，说的就是孟母三迁和断织教子的故事。

后来，"停机""断织"便一直作为女子贤淑美德的代称而存在于古汉语中。曹雪芹《红楼梦》第五回十二钗正册判词"可叹停机德，堪怜咏絮才。玉带林中挂，金簪雪里埋"，"停机德"一句正以乐羊子妻和孟母喻薛宝钗，赞其贤良淑德。

老实说，我对上述羊子妻"训夫"和孟母"教子"两事都有点不喜欢。羊子妻病在太过正经，有股道学气。有这样的贤妻固是家门之幸，然夫妻生活成了道德旅行，了无生趣，反正我是万万不敢领受。羊子后来一心求学,"七年不返",空房之内的羊子妻是否也有过"悔教夫婿觅封侯"的闺中独语?孟母其实是思想通达之人,这等小孩子贪贪玩儿走走神,就煞有介事地引刀断织以戒之事,我一直怀疑是后人附会唬小孩子用的,和"囊萤照读""凿壁偷光"等正是一类。此类伎俩几千年来盛行不衰,恐正是中国教育的病源之一端。鲁迅说:"每天要捉一袋照得见四号铅字的萤火虫,那岂是一件容易事?但这还只是不容易罢了,倘去凿壁,事情就更糟,无论在哪里,至少是挨一顿骂之后,立刻由爸爸妈妈赔礼,雇人去修好。"[1]

我于刘向《列女传》所记孟母教子诸事中独喜下面这件:

> 孟子既娶,将入私室,其妇袒而在内,孟子不悦,遂去不入。妇辞孟母而求去,于是孟母召孟子而谓之曰:"夫礼,将入门,问孰存,所以致敬也;将上堂,声必扬,所以戒人也;将入户,视必下,恐见人过也。今子不察于礼,而责礼于人,不亦远乎!"孟子谢,遂留其妇。

宋以后儒家的"圣教"逐渐对女人不利,"饿死事小,失节事大""三从四德"等等都出来了。此类"教化"道德调门过高而不通情理,清儒戴震所以斥之为"以理杀人"。孟母此

---

[1] 鲁迅:《难行和不信》,载《鲁迅全集》第6卷,人民文学出版社,2005,第52页。

言所以好,正在于入情入理,对于"伪道学"真不啻一针解毒剂。可惜无法查证孟母此番话是否也是在"停机"后对孟子言之,否则,"停机"这个典故也将因之少几分道学气,而多几分熨帖人心的力量。

最后,话题还得回到《木兰诗》。《木兰诗》固是质朴的诗篇,"木兰从军"的故事却在千百年流传的过程中难免成为政治教化和道德教化的一部分。忠君爱国、孝亲勇敢一类说教充斥《木兰诗》的课堂也就毫不足怪,只是效果却难免让人大摇其头;"巾帼英雄"的故事自然更能让女性扬眉吐气,以致在欢欣鼓舞中竟绝少有人会去注意此类话语背后的危险。由此,倘不因人废言,一生关注妇女问题的周作人于其《苦茶随笔》中提到花木兰、梁红玉时说的一段话还是值得我们重视:"不过我以为中国要打仗似男子还够用,到不够用时要用女子或亦不得已,但那时中国差不多也就要完了。女军人与殉难的忠臣一样我想都是亡国时期的装饰,有如若干花圈,虽然华丽却是不吉祥的,平常人家总不希望它有。"[1]这些非主流的声音,语文老师即使嘴上可以无,心中却须有。

---

[1] 周作人:《苦茶随笔》,北京十月文艺出版社,2011,第145页。

六 《潘先生在难中》：启蒙立场与文学立场的错位

启蒙的独断与障蔽

夏志清先生在他的《中国现代小说史》中曾谈到现代中国文学的"感时忧国"传统。事实上，只要对现代中国文学稍有接触的人都不难感受到这一点，关于国家、民族、社会的前途与命运这些宏大主题几乎占据着现代中国文学绝大部分空间，局限着中国现代作家的文学想象。五四以后的大半个世纪，这些宏大叙事凭借着中国传统士大夫"以天下为己任"的固有精神资源的支持及命悬一线的特殊的民族处境，一度居于现代中国文学的主流地位。

五四新文学的最常见，也最宏大的主题是"启蒙"，而中国近现代的启蒙从一开始便呈现出跟西方近代启蒙不同的精神品相。西方启蒙的旨归在"救人"。法国18世纪启蒙思想家孟德斯鸠说："在民法慈母般的眼睛里，每一个个人就是整个国家。"强调个人对于国家的优先性一直是西方启蒙的题中之义；而中国近现代启蒙落脚点和归宿却是"救国"，也即民族救亡图存。陈独秀、鲁迅他们虽然也强调人的个性意识，但这种个性意识却要附着在民族救亡图存的宏大命题上才会有意义。鲁迅虽有"任个人而排众数"的"立人"主张，然所以要"立人"，最终的依归却依然是："人既发扬蹈厉矣，则邦国亦以兴起"。[1]

　　在中国，启蒙既然一开始便以民族救亡图存为价值依归，当后来启蒙的长期性与民族救亡的紧迫性形成一对无法解决的矛盾，所谓的"救亡压倒启蒙"就是必然的。由此，中国现代启蒙与传统士大夫"感时忧国"的固有传统相结合，从而逐步带上了知识独断论色彩，知识分子藉此轻易地占领了道德高地，表现在文学中，就是最终形成对个体苦难、个体命运的障蔽与盲视。

　　鲁迅的弃医从文无疑是20世纪中国知识分子精神史上的重要事件，鲁迅后来在《呐喊·自序》中回忆起这次思想转变时写道：

---

[1] 鲁迅：《文化偏至论》，载《鲁迅全集》第1卷，人民文学出版社，2005，第47页。

凡是愚弱的国民，即使体格如何健全，如何苗壮，也只能做毫无意义的示众的材料和看客，病死多少是不必以为不幸的。所以我们的第一要著，是在改变他们的精神，而善于改变精神的是，我那时以为当然要推文艺，于是想提倡文艺运动了。[1]

这里固然有鲁迅对麻木苟且的民族痼疾的痛心，但我们必须正视这种把民族、国家无条件地凌驾于个人之上的思维方式所展现的中国传统精神的误区。鲁迅终身心仪陀思妥耶夫斯基，然而，因为人类的不幸与苦难备受折磨，决心带着痛苦的心情去爱人类的陀思妥耶夫斯基如果看到世上竟然有一些人因为愚昧、落后，即被一个作家宣判为"病死多少不必以为不幸"，他或会感到一种惊心动魄的恐怖的吧。我们在服膺于鲁迅对国民性的深刻揭橥的同时，必须正视这种把人分成该死的和不该死的或死了活该的和死了可惜的语言暴力多么深刻地影响了现代中国文学的主导情感基调。

叶绍钧的《潘先生在难中》发表于1925年。叶绍钧也由此成为文学史公认的"反映小市民知识分子灰色生活"的代表作家。故事的背景是20世纪20年代的江浙军阀混战。在战争的阴影笼罩下，到处是逃难的人群。小说一开始，便用调侃与滑稽

---

[1] 鲁迅：《呐喊·自序》，载《鲁迅全集》第1卷，人民文学出版社，2005，第439页。

的笔调渲染了小学校长潘先生在携家逃难途中的狼狈与惶恐。小说的开头往往决定了全篇的叙事风格和叙事基调。从《潘先生在难中》的开篇我们不难看出，叶绍钧对笔下的潘先生的态度是讥嘲和反讽的。小说的结尾虽然也用零星笔墨写了潘先生的"良心未泯"，但就整体而言，这种"理解之同情"是相当微薄的。

逃到了上海的潘先生担心教育局长斥他临难脱逃，或会丢了饭碗，便又只身一人返回故乡，处处风声鹤唳，他又到外国人办的红十字会领取会旗、会徽，挂在家门上，一听战事危急，便慌忙躲进红十字会的红房子里。战争初息，他被推举书写欢迎军阀凯旋的条幅，他大书"功高岳牧""威镇东南""德隆恩溥"，终觉违心，眼前闪出拉夫、开炮、烧房屋、奸淫妇女和菜色男女、腐烂尸体的残酷镜头。杨义在其《中国现代小说史》中如此分析："小说固然从一个小人物的仓皇出逃中反映江浙军阀混战的荼毒生灵，但这些已经退居次要地位成为背景了。它更为重要的是极为充分地剖示了小市民知识分子委琐自私的灵魂。潘先生的灵魂内核是利己主义。逃而复归，归而营巢，甚至他在战争初息，便为军阀歌功颂德，无不是为了身家性命，象征性地讲，就是在火车站里排成一字长蛇的黑皮箱和老少四口的苟且安全。"[1] 其实，早在小说发表之初，茅盾就评论说："在叶绍钧的作品中，现在还深深刻

---

[1] 杨义：《中国现代小说史》（上），人民文学出版社，1998，第334页。

在记忆中的是那可爱的潘先生在难中,这把城市小资产阶级的没有社会意识,卑谦的利己主义……临虚惊而失色,暂苟安而又喜等心理,描写得很透彻。"[1]

应该说茅盾和杨义的分析是符合这篇作品的价值取向和主题取向的。只是小说中的这种着眼于启蒙批评的价值取向与主题取向恰恰是我们今天要反思的东西。小说批评潘先生的"卑谦的利己主义",着墨最多的竟然是在那个朝不保夕的动荡年代,潘先生对"家"的顾惜。诚然,潘先生是"自私"的,念念不忘的确是"排成一字长蛇的黑皮箱和老少四口的苟且安全"。只是,对潘先生这样的既不具有"批判的武器"(话语权,如小说作者),也不具有"武器的批判"(枪杆子)的底层市民提出过高的道德要求是不道德的。当一个人无力"卫国"的时候,奋力"保家"不仅不应受到批判和谴责,反而应该赢得我们的同情与爱敬。遗憾的是,作者批判的锋芒一直是指向潘先生对妻儿的体贴和呵护。当潘先生见不到混乱人群中的妻儿时,他"禁不住浸出两滴眼泪来";当潘先生从战区率领全家逃出之后,经历了短暂的分散而最终与妻子会合时,不禁感慨万千:"现在好了!"当他听说火车真的不通了,"心头突然一沉,似乎觉得最亲热的一妻两儿忽地乘风飘去,飘得很远,几乎至于渺茫"。对妻儿的爱与呵护也许算不上什么高贵的情感,然而却是一切高贵的情感的基础。我们能指望一个

---

[1] 沈雁冰:《王鲁彦论》,《小说月报》1928年1月,第19卷第1期。

对父母、妻儿都不爱的人去爱社会、爱国家、爱民族吗？然而由于作者的"卑谦的利己主义"的主题预设，在把潘先生这个人物"小丑化"的同时，也把潘先生对妻儿的感情以及动荡年代"乱离人"的悲剧给漫画化和喜剧化了。

启蒙首先意味着人的个性意识、权利意识的觉醒，而人的权利意识自然包括生命权和生存权这样的基本权利。启蒙思想家卢梭在《社会契约论》中说："人的首要法则是维护自身的生存，人的首要关怀是对于自身的关怀。"从这样的启蒙观点看，潘先生的行为本无可厚非。可是，中国的启蒙从一开始便与保国图存的民族主义情绪纠结在一起。启蒙在中国也就不单单意味着个性意识、权利意识的觉醒，还同时意味着"国民意识"的觉醒，强调个体对民族、国家所应承担的道德义务。在那些历史动荡的年代，这样的道德义务往往还会被强调到一个相当高的程度。

文学何为？

张福贵先生在《错位的批判——一篇缺少同情与关怀的冷漠之作》中对《潘先生在难中》的批判的错位问题作了批评。[1]但是，张先生没有从文学本体论的高度把这种批评上升至对一种在现代中国文学中普遍存在的写作立场的认识。文学的关

---

[1] 张福贵：《错位的批判：一篇缺少同情与关怀的冷漠之作——重读叶圣陶的小说〈潘先生在难中〉》，《文艺争鸣》2004年第5期。

怀和历史的"关怀"并不总是一致的。伟大的文学总是呈现出跟历史不同的精神品格。历史是无情的,历史为了自身的"进步"有时不得不无视历史进程中难免裹挟着的残忍,历史的"不以人的意志为转移的"客观规律性也可能会把具体个人的痛苦和不幸逼挤到阴暗的角落;而诚如米兰·昆德拉所言,文学从来是"对抗世界的进步从而实现自己的进步"[1],文学的使命就是要让这些看不见的东西"被看见",致力于在历史时间的流程中彰显为历史所漠视的具体的个人的命运。叶绍钧笔下潘先生所生活的时代,外患未休,内乱不已,各路军阀凭借武力,割据一方。要求像潘先生这样的知识分子放弃一己之私,悲怀广大,本身并没有错;但这是历史的合理性,历史的合理性并不能代替文学的合理性。一旦作家以历史思考代替了纯粹意义上的文学思考,一个在历史肆意播弄下陷身战争灾难的泥潭,苦苦挣扎却无力自救的小人物的全部孤苦与不幸、痛苦与耻辱就被掩入小说叙事的盲区。我相信,现代中国像潘先生那样的"被侮辱与被损害"的小人物所在多有,哪怕仅仅是因为他们所遭受的不幸与苦难,也理应在文学中赢得同情,为什么在我们的文学中却成了讽刺、讥嘲与漫画式挖苦的对象,这是不是暴露出我们的文学在精神质素上的某种欠缺?

说潘先生没有社会意识,无非是说潘先生在战争来临时未能"舍小家而顾大家"。但是像潘先生这样的人微言轻又手无

---

[1] 米兰·昆德拉:《小说的艺术》,三联书店,1992,第18页。

缚鸡之力的文弱书生，除了避开武力的锋芒还能做些什么呢？到山里组织武装？上街散发传单？发表文章斥责反动军阀？岂不笑话！不要说这样做的功效殆茫如捕风，就是能起点作用，那潘先生的妻子和一双儿女将要遭受的肉体和精神的苦难又该到什么地方去申告？在战争的阴风迷雾的笼罩之下，潘先生为了保全"身家性命"，到红十字会领了会旗、会徽，作者以讽刺、调侃的笔调写道：

  两面红十字旗立刻在新秋的轻风中招展……一个红十字徽章早已缀上潘先生的衣襟，闪耀着慈善庄严的光，给予潘先生一种新的勇气。其余几个呢，重重包裹，藏在潘先生贴身小衫的一个口袋里。他想，"一个是她的，一个是阿大的，一个是阿二的。"

潘先生所生活的时代是中国历史上民族苦难深重的岁月，外忧内乱，兵连祸结。然而我们应当看到，民族的苦难绝不是抽象的，它是由一个个我们这个民族的具体的个人在剧烈的历史动荡中所遭受的痛苦与不幸汇聚而成的，离开了一个个具体的个人所承受的苦难与不幸是无所谓整个民族的苦难的。我们当然希望历史上能多一些像"三元里抗英"那样的壮烈英姿，但我们又不能回避，在我们这个民族近百年的屈辱史上，不管是面对外国殖民者还是国内施暴者的刀锋，更多的是像小说中的潘先生那样的"甘做顺民"的灰色身影。他们所遭受的痛苦、不幸与屈辱是作为整体的民族苦难的一部分，同样需要抚慰与救护，同样需要尊严与敬爱。这种在无奈中隐忍、在屈辱中挣扎的辛酸与苦涩正是历史动荡年代的日常生活，如果说这样的日常生活在"侵略（包括国内统治者的施暴）/反抗"的二元历史书写格局中或者被遗漏和遮盖，或者被简单地斥为"软弱怯懦"的国民根性，尚有它的历史合理性，那么，文学作为对人的命运的承载，不恰恰应该与这种无奈、辛酸、屈辱与苦涩同在，与人类的苦难同在？若不然，文学何为？

在中国，就像科学最终发展成科学主义（或曰科学拜物教）一样，启蒙从一开始也就带有"唯我独尊、排斥其他"的知识独断论色彩。霍克海默和阿多诺的《启蒙辩证法》深刻地发现启蒙是如何走向原初意愿的反面；而在中国，由惯有文学抒情传统、不愿也不屑深入社会肌理深处的知识分子在书斋里构造的启蒙却发展成另外一种形式的"野蛮"，这大概是霍克海默和阿多诺也不会想到的。而这样的一种今天看来颇值得反省与检讨的写作立场在五四新文学中较为普遍地存在，即使伟大如鲁迅先生也未能幸免。鲁迅的《阿Q正传》是五四新文学启蒙主题的扛鼎之作，也是现代中国文学中最早赢得世界性声誉的作品。《阿Q正传》的伟大成就不容否认，尤其是这部作品对于中国历史、中国社会、中国人的深刻剖解，直到今天无人能及。也许正是由于这种巨大的思想光芒的掩盖，我觉得，长久以来，关于阿Q，有一个非常重要的问题被我们忽略了，即阿Q身上最让鲁迅所不能忍受的无疑是精神胜利法、麻木冷漠、卑怯苟且等所谓的国民根性。然而，换一个角度看，支撑着阿Q从长年的苦难和不幸中挺过来的不正是所谓的精神胜利法，所谓的麻木苟且？当一个人被剥夺得只能用精神上的自我安慰作为武器以应付残酷的日常生活，只能用麻木苟且来抵御纷至沓来的来自官、绅、匪的压迫和戕害，我们在揭橥这种精神胜利法的同时是否也该对这种心灵创伤有足够的体贴与抚慰？

  一个民族的文学的精神品格自然可以从这个民族的文化传统中得到解释，现代中国文学对"日常生活"的排拒，对个体苦难的盲视（当然是就整体而言），同样可以从中国知识分子"系念家国""以天下为己任"的文化传统中得到解释。所谓"国家兴亡，匹夫有责"，所谓"先天下之忧而忧"，这样的传统当然不能说错，问题是这样的传统一旦从历史书写进入文学叙事，极易形成对"无关家国""无补兴亡"的日常生活的排斥力量。据说是"全盘性反传统"的五四新文化运动对这种传统中的"家国"情结其实并没有触及，相反，"医民救国"的热忱及"以天下为己任"的士大夫情结一直是五四新文化运动的重要内驱力之一。即如启蒙，在西方，强调个人对于国家的优先性原本是启蒙的题中应有之意，而在中国，启蒙从一开始就并无自足的价值，个人的觉醒、人的个性意识的觉醒在中国的固有语境下只有附着在"沙聚之邦一转而为人国"这样的宏大的目标上才能彰显其意义，这样就在某种程度上颠倒了启蒙的价值趋归。前述五四新文学在精神品格上的欠缺便不难从这里得到解释。

值得一提的"题外话"是，从"救亡压倒启蒙"的20世纪20年代后期开始，传统的"家国之思"的群体意识又和主流价值观的核心理念，即集体主义精神成功实现了融会，而集体主义精神的基本要义是："以个体对于群体无条件服从为纪律规范，以公正无私的自我奉献为思想信仰，以只有解放全人类最后才能解放无产阶级自己的人生追求为最终归宿。"[1]强调用文学去感应民族解放运动与人民解放运动一直是现代中国文学的主流，而作为具体的个人的苦难与不幸反而被民族感情的狂波巨澜与凯歌高奏的历史洪流所淹没。

现代中国文学给当下文学发展的最大的启示也许是，如何使文学回归日常生活，回归到个体生存，使文学成为对每一个个体苦弱生存的悲悯、抚慰、关怀与救护，应该成为当前文学创作和研究的一个重要向度。

附录

不可被抵消的个体苦难

上大学时，听老师讲路遥的小说《人生》。我是20世纪90年代初上的大学，那时学界似乎有一种鄙薄道德的倾向，有为数不少的以"先锋"自我标诩的老师那时常说的一句话就是

---

[1] 宋剑华：《百年文学与主流意识形态》，湖南教育出版社，2002，第43页。

"道德是什么,道德是狗屁"。给我们讲小说《人生》的老师就是其中一个。

现在想来,当时那种鄙薄道德,视道德为洪水猛兽的心理倾向自有其合理性。王小波不是曾把中国人分为两类:一类是负责编写生活脚本的,像20世纪六七十年代的政工干部等都属于这一类;一类是负责演出这些生活脚本的,像我们这些小百姓就至今也难说已摆脱了这样的当"演员"的命运。当有一天人们突然明白,很多冠冕堂皇的道德原来不过是生活脚本编写者蓄意编织的政治谎言,来一场"翻烙饼"式的反驳似乎是情理之中的事。

尽管如此,我还是不能说服自己接受那位老师对于小说《人生》的阐释。他是把小说中的高加林看作是司汤达《红与黑》中于连·索黑尔这一形象在中国的移民,并就此发挥:于连没有错,所以高加林也没有错——想从那片贫瘠的大山中走出来,有什么错?如果刘巧珍成为他前进路上的绊脚石,移开它那就是必然的事。就算这样做"不道德"吧,历史发展必然要付出道德代价。

这样的"历史代价论"至今难以让我心服。我们当然可以不再去仰望"头顶的星空",也不再去倾听"内心的道德律令",然而,当我们把同情都赋予了高加林这样的代表"历史进步力量"的先驱者,刘巧珍们所遭受的肉体和精神的苦难该到哪里去申告?

给学生讲曹操的《蒿里行》。面对战争所造成的生灵涂炭,这个在戏剧舞台上一直是作为"白脸"的奸臣面目出现的曹阿瞒吟出了"白骨露于野,千里无鸡鸣。生民百遗一,念之断人肠"这样怜世悯人的诗句。我信手拈来一个话题,战争所造成的人间苦难似乎很少进入现代革命家诗人的关怀视野。如果没有那种对生死乱离的人间苦难的大悲,冲天的革命热情又从何而来?

无论哪一个时代,战争都是人的苦难的极端形态,正是战争让我们看到了人的罪性所能达致的黑暗的深渊。然而战争在现代相当长的一段时期确乎被浪漫化、戏剧化并且最终诗意化了。是啊,在历史滚滚向前的欢快乐章中,一个个个体、一个个家庭的凄苦泪水算得了什么呢?陈思和先生写道:"个体的悲剧性遭遇总是能够溶化到历史的喜剧性结论中去。战争结束了,人们在欢庆胜利的时候,似乎很少有艺术镜头对准那些永远失去亲人的悲哀者面孔和永远破碎的家庭。"

历史进步性、历史规律性是20世纪的最强势话语,考察这一套话语背后的权力运作关系已不是笔者这篇小文所能胜任。这里想指出的是,用"必然性""规律性"来整理过去的历史遗存,规划未来的发展路径势必把具体的个人的孤苦无告逼挤到历史的阴暗角落;排拒历史发展的偶然因素,对历史的描述势必通过设定历史规律来取消个体的偶在性。按照杨义先生的说法,鲁迅是常常深刻到"令人难以腾挪",直到今天,就对中国历史阴暗角落的揭橥来说,鲁迅依然是前无古人,后无来者。然而,思想敏锐、深刻如鲁迅者,一旦遇到历史规律性这套话语,照样成为瞎子!由此,鲁迅晚年对苏联近乎无条件的辩护,便不难从这里得到解释。是啊,相对于遥遥在望的人间天国,滚滚前行的历史潮流,个人的受苦、眼泪算得了什么呢?所以,当"俄罗斯沉没在血泊之中,俄罗斯正在发生着世界上从未发生过的灾难"(舍斯托夫语)的时候,鲁迅看到的却是"将宗教、家庭、财产、祖国、礼教……一切神圣不可侵犯的东西,都像粪一样的抛掉,而一个崭新的、真正空前的社会制度从地狱底里涌现而出,几万万群众自己做了支配自己命运的主人"。1925年,苏联诗人叶赛宁在彼德堡的旅馆里自杀。叶赛宁之死以及此前此后一系列作家自杀、流亡事件无疑昭示世人,一种原本旨在建构"人间天堂"的乌托邦理想正在借用残酷的政治高压手段以前所未有的野蛮践踏艺术乃至生命的尊严。而在被历史理性障蔽了眼睛的鲁迅看来,这些高贵的生命的毁灭成了伟大的共产主义革命所难免的牺牲:"他们以自己的毁灭,证明了革命的前行。"究竟是什么东西蒙住了鲁迅的眼睛,使他竟看不到革命背后人性的黑暗,使他竟看不到"颤栗在诅咒底下的诗人的悲悯"?以鲁迅的特殊身份,在如此大的问题上表现出令人难以置信的轻率的乐观,不能不说是中国现代思想史的让人扼腕痛惜的遗憾。

　　1942年,河南发生灾荒,赤地千里,饿殍遍野。饿死的人达三百万。作家刘震云在《温故1942》中写道:

　　　　三百万人是不错,但放在当时的历史环境中去考察,无非是小事一桩。在死三百万的同时，历史上还发生着这样一些事：宋美龄访美、甘地绝食、斯大林格勒大血战、丘吉尔感冒。这些事件中的任何一桩，放到一九四二年的世界环境中，都比三百万要重要。五十年之后，我们知道当年有丘吉尔、甘地、仪态万方的宋美龄、斯大林格勒大血战，有谁知道我的故乡还因为旱灾死过三百万人呢？

其实，1942年的河南灾荒充其量也只能算是20世纪中国难以数计的人间苦难的一般性标志。我不知道，在地底下，在另外一个世界里，他们可曾闭上他们的眼睛。他们都是些普通的中国百姓，在历史的长河里，他们算不得值得大书特书的惊涛骇浪，也算不得让人低回流连的美丽浪花，他们甚至连浪花裹挟下的泡沫都算不上。凯歌高奏的历史洪流无暇也不屑携带上他们。他们被委弃于荒滩沙丘，如一粒粒尘埃，无声无息。然而没有这些千千万万的普通的中国百姓，波澜壮阔的中国革命史和反革命史不都成了扯淡。刘震云写道："他们是最终的灾难和成功的承受者和付出者，但历史历来与他们无缘，历史只漫步在富丽堂皇的大厅。"

七 《萧萧》：理论惯性与文本误读

沈从文先生的《萧萧》开篇第一句话是："乡下人吹唢呐接媳妇，到了十二月是成天有的事情。"给学生讲沈先生的《萧萧》，我先就小说的开篇第一句话问了一个带有玩笑性质的问题：为什么不光是从前，即使在现在，农历腊月天（十二月）结婚办喜事的也特别多？有的学生说是因为"腊月里好日子多"，有的学生说是因为"腊月里节日多、空闲多"。我对大家说，你们都把简单的问题搞复杂了，回答这个问题需要一种简单、质朴的角度，腊月里结婚办喜事的所以特别多，无非是因为剩下的菜正好用来过年，不用再买年货了呀！

学生大笑。事后想来，这个问题虽属玩笑却并非多余。真正地理解沈从文,进入这位乡土赤子所构筑的艺术世界,乃至理解以沈从文为代表的那种虽未能在现代中国占主流从而主导历史走向,却固执地在历史的深谷里熠熠生辉的独特的文化选择,不正是也需要取一种简单而质朴的角度?

沈从文能以现在的面目进入文学研究者的视野,是新时期那场文学发掘运动的结果。奇怪的是,我们一方面在忙着拂去厚重的历史尘埃,重新确立沈从文的文学史地位,同时却又似乎在有意无意地取消这种努力。最典型的表现是,由于理论思维的惯性把沈从文的作品纳入由鲁迅开创的五四新文学的启蒙传统中来阐释。朱栋霖等人主编的高等学校中文专业教材《中国现代文学史》在谈到沈从文先生的名作《萧萧》时说:

> 在对乡下人生存方式的价值重估中,较有深度的是《萧萧》。主人公萧萧始终处于被动的人生状态。……作品结尾处,饶有深意地写到萧萧的大儿子有在迎娶年长六岁的媳妇。生命的悲剧在不断的轮回,根因就在于乡下人理性的蒙昧;作品中祖父对女学生的嘲弄、奚落正说明了这些乡下人与现代文明的隔绝以及导致的理性的缺失。[1]

教材自然不能算严肃的高水平的学术著作,但却代表了通常的流行的见解。前引对《萧萧》的解读当然也不能说全无道

---

[1] 朱栋霖、丁帆、朱晓进主编:《中国现代文学史》,高等教育出版社,2012,第206页。

理，但沈从文这个作家的独特与卓异却被勾销了。因为这样一来，《萧萧》和鲁迅先生的《阿Q正传》及其他的讲述着"哀其不幸，怒其不争"的启蒙故事还有什么区别呢？这样的解读的最大害处在于使沈从文的文学面目暧昧难明，同时也使沈从文目前所享有的文学史地位殊为可疑。

通常的流行的见解无疑是把《萧萧》作为一个悲剧——主体性和理性缺失的悲剧来看待的。可《萧萧》是个悲剧吗？只需细读小说文本，我们就会发现，《萧萧》讲述的不仅不是一个悲剧，相反，毋宁说是一个"悲剧所以得以避免的故事"。沈从文最想让我们思索的其实是，主人公萧萧的悲剧为什么没有发生？她是依凭什么躲过了一次又一次劫难？

《萧萧》这个文本给我的最大印象是，沈从文似乎是在小说情节展开的过程中一次又一次地背离了我们的阅读期待。《萧萧》讲述的是一个童养媳的故事。和小脚、纳妾一样，童养媳制度也是中国文化肌体上的一个恶瘤。在社会历史发展的链条上，童养媳制度已经被扫进了历史的垃圾堆，在现代中国"弃旧图新"的整体思想文化语境中，"童养媳"这一符号本身已经理所当然地成为"血泪人生"的象征。对包括童养媳在内的中国各类女性人群苦难命运的讲述，事实上已经构成现代中国文学中的"血泪飘零"现象。沈从文通过《萧萧》向我们呈现的却是跟这种"血泪飘零"不搭界的关于童养媳命运的另类叙事。

小说的开头很重要，开头，甚至开篇第一句话往往决定了作品整体的风貌和结构，决定了小说的叙事声调和感情基调。而沈从文在小说的开头就背离了我们对于悲剧的阅读期待。开头写的是萧萧出嫁。十二岁的女孩子出嫁，双方家长你情我愿，左邻右舍自得其乐，一派祥和的景象。虽然也写到了"哭"，但那"哭"是和"悲"无关的，是带有表演性质的仪式化了的"哭"——沈先生念兹在兹的湘西像中国很多地方一样有"哭嫁"的习俗。何况，萧萧还没有哭呢："也有做媳妇不哭的人。萧萧做媳妇就不哭。这女人没有母亲，从小寄养到伯父种田的庄子上，出嫁只是从这家转到那家。因此到那一天这女人还只是笑。"

小说的开头似乎还可以用"欲抑先扬"或者中国古典美学的"以乐景写哀"来解释，等到萧萧嫁到婆家来，萧萧的悲剧总该开始了吧？就算婆家的其他人对萧萧都不错，总不至于她的婆婆对她也很好吧？自古以来，婆媳的恩怨是旷古的啊！而沈从文在这里再一次背离了我们的阅读期待——萧萧在婆家生活得很好！小说把萧萧和她的三岁的小丈夫的关系写得浑如天籁，有一种毫无机心的质朴与自然感。关于萧萧做梦那一节写得也很美：

> 到了夜里睡觉，便常常做世界上人所做过的梦，梦到后门角落或别的什么地方捡得大把大把铜钱，出好东西，爬树，自己变成鱼到水中溜扒，或一时仿佛很小很轻，身子非到天上众星中，没有一个人，只是一片白，一片金

光……天亮了，虽不做梦，却可以无意中闭眼开眼，看一阵空中黄金颜色变幻无端的葵花。

把一个童养媳的生活写得如此诗趣盎然，若以启蒙主义者鲁迅的眼光看来，简直是要从"血泊中寻出闲适"来。

回答"萧萧在婆家为什么没有受苦"的问题，是理解沈从文式的"未经开化的淳朴"的终南捷径。我没有从伦理啊，道德啊这样的角度来回答"萧萧在婆家为什么没有受苦"的问题，而是用如下的一些表面上看起来带有玩笑性质的问题去启发学生：你们家买了一台彩电或是一台电脑，你会舍得去打它吗？打坏了还不是得自己拿钱去修吗？从一种简单而质朴的角度看，萧萧的婆婆虐待萧萧有什么好处呢？打她，把她打坏了，还不得自己拿钱给她疗伤；况且把她打坏了，"小丈夫"谁带呢，该她做的活谁做呢？沈从文笔下的湘西是一个常识的、常情的世界。正如王安忆所说："萧萧的乡间是很有情味也很现实的乡间，它们永远给人出路，好叫人苟苟且且地活着，一代接一代。它们像是世外，有着自己的质朴简单的存活的原则，自生自灭。"[1]萧萧在婆家所以没有受苦，而能活得很好，正是得益于这种质朴、简单的存活原则，非关道德，若是你从伦理道德的角度，把萧萧的好运归结为"萧萧碰巧嫁了一户好人家，这户人家宅心仁厚，不忍虐待萧萧"之类，无疑

---

[1] 王安忆：《走出凤凰》，载赵园编《沈从文名作欣赏》，中国和平出版社，1993，第154页。

是辜负了沈从文的殷殷苦心。让我们困惑和震撼的东西我相信也正是让沈从文困惑、回望和眷恋，从而急于向我们呈现的东西——恰恰是这种质朴、简单的存活原则守护着一个花季少女五色缤纷的梦境；恰恰是这种质朴、简单的存活原则蕴成对生命的尊重与呵护。于是：

> 萧萧嫁过了门，做了拳头大丈夫的小媳妇，一切并不比先前受苦，这只看她一年来身体发育就可明白。风里雨里过日子，像一株长在园角落不为人注意的蓖麻，大叶大枝，日增茂盛。这小女人简直是全不为丈夫设想那么似的，一天比一天长大起来了。

长成了大姑娘的萧萧在湘西那样的人的自然欲望自由舒展的所在，有故事发生似乎是必然的。小说叙事的高潮是萧萧被长工花狗唱山歌唱开了心窍，被花狗给"变成了妇人"：

> 花狗诱她做坏事情是麦黄四月，到六月，李子熟了，她喜欢吃生李子。她觉得身体有点特别……

风化事件当然是由男人和女人共同犯下，但是在中国漫长的古典社会，对女性的道德要求要远高于男性，相应地，对女性道德过错的责罚程度也比对男性残忍、苛刻得多。在现代中国文学呈现女性悲惨命运的叙事文学作品中，写女性由私通而致怀孕，接受传统社会道德法庭的裁决，从而揭露封建宗法制度的狰狞面目是惯常的、习见的主题。萧萧作为童养媳，跟长工花狗私通而致怀孕，无疑是古典社会的道德纲常所不能容忍的东西，萧萧的悲剧总该发生了吧？事实上，萧萧所生活的乡间对这类道德腐化事件也并不是没有律法，较重的惩罚是"沉潭"，较轻的惩罚是"发卖"。然而，很奇特，沈从文在这里再一次背离了我们的阅读期待。在沈从文先生的笔下，正是湘西乡村的质朴、简单的存活原则使萧萧又躲过一场劫难。小说中交代，如若萧萧的婆家要面子，就"沉潭淹死"；舍不得让萧萧死，就发卖，嫁人作二路亲。相对于质朴、简单的存活原则，"面子"在湘西尚是奢侈的东西，婆家舍不得让萧萧沉潭——娶童养媳是花了钱的，把萧萧沉潭淹死了，损失谁来补偿？于是决定发卖，小说中写道："这处罚好象也极其自然，照习惯受损失的是丈夫家里，然而却可以在改嫁上收回一笔钱，当做赔偿损失的数目。"

小说中有一个情节值得注意，在萧萧的婆家知道"这个十年后预备给小丈夫生儿子继香火的萧萧肚子，已被另外一个人抢先下了种"，全家为此事一筹莫展之际，祖父想出的聪明主意竟然是"请萧萧的娘家人也就是萧萧的伯父来商议"。这一方面让我们看到抱着质朴、简单的存活原则的萧萧婆家"舍不得让萧萧沉潭"，所以才会找最有可能也舍不得让萧萧沉潭的萧萧娘家人商议；不这样的话，比如，找一个跟萧萧无亲属关系的不疼不痒的人来商议，就不容易形成一致意见，从而有可能导致一个对萧萧极为不利，对婆家也没有好处的结局。同时，这个细节也让我们看到，跟质朴、简单的存活原则联系在一起的，就是湘西农村没有坚硬的道德原则。不是没有律法（道德原则），但是律法是松动的，有极大的回旋余地的，从而也是有人情味的、给人出路的。所以，萧萧犯了道德过错之后，婆家还要和萧萧的娘家商量，而且娘家伯父的意见竟然还能起作用。我个人觉得，通常所说的沈从文作品中的人性美、人情美就是奠基在这种松动的、可商量的、有回旋余地的道德原则基础之上的。我们只需要想一想，电视剧《大宅门》中杨九红的悲剧，及萧红《呼兰河传》中小团圆媳妇的悲剧，我们就可明白，道德与文明也是一把双刃剑，道德与文明在克服人性中野蛮因素的同时，也滋生了另外一种形式的野蛮，坚硬的、不可商量的道德原则有时候恰恰成为很多人世灾难的根源。质朴、简单的存活原则以及相应地没有坚硬的道德原则，正是在道德与文明高度发达的背景下方能凸现其人文意义和美学意义。海外学者王德威先生在谈到《萧萧》的叙事时说：

  沈从文纵容萧萧，不愿让她为所做的错事受苦；这种纵容的态度延及叙事，以至于甚至村民们都被写得像一群孩子，他们不忍面对"成年"律法的道德后果。……但读者仍然心甘情愿地听任沈从文的写法，去看一看"通奸"也可导致如此一种"绝妙"（而非灾难）的结果。在理想的田园浪漫故事与阴郁的现实陈述之间，萧萧和她的村人们所栖身的世界律法确实存在,但这个世界的居民们仅却援用童心来奉行与化解这些法规。[1]

至此,沈从文的叙事由看似难以化解的高潮自然转向结局的温情与温馨:

> 在等候主顾来看人,等到十二月,还没有人来。
> 萧萧次年二月间,坐草生了一个儿子,团头大眼,声响宏壮,大家把母子二人照料得好好的,照规矩吃蒸鸡同江米酒补血,烧纸谢神。一家人都欢喜那儿子。
> 生下的既是儿子,萧萧不嫁别处了。

仔细品读《萧萧》,我感到似乎有两个沈从文在互相究诘、质疑和对抗,这构成了小说文本的某种复调特征。这里涉及沈从文对五四启蒙话语的继承和反抗问题。不能说把沈从文的作品纳入五四新文学启蒙传统的阐释框架全无道理,沈从文本人虽然没有直接接受五四新文化的精神洗礼,但引领沈从文走上文学创作道路的领路人,却都是五四新文学的大家,如郁达夫,如徐志摩。因此,沈从文对五四启蒙话语有所呼应和继承是可能的,而且事实上也是存在的,这有沈从文作品中在在可见的对湘西故土痼疾与污秽的痛心为证。但沈从文的复杂性

---

[1] 王德威:《现代中国小说十讲》,复旦大学出版社,2003,第181页。

在于，他对五四启蒙话语在继承和呼应的同时，也有质疑和反抗。这种复杂性表现在以《萧萧》为代表的沈先生的作品中便是沈从文对湘西的复杂态度——有痛心，有批判；但同时有回望，有流连。正是这种对于一种简单而质朴的生活，一种未经开化的淳朴的回望、眷恋与留连造就了沈从文的卓异和独特，也是沈从文对现代中国文学的独特贡献。

八　《骆驼祥子》：作者意图与效果的错置

自身因素与个人命运

在现代中国作家中，很少有像老舍那样，在文学的趣味性，或者说"好玩儿"上投注那么多心力的。果如夏志清先生所言，现代中国文学有一个一以贯之的"感时忧国"传统，则老舍早期一直游走在这个"严肃"的"传统"的边缘，甚至经常游离出这个传统之外。

从1925年发表处女作《老张的哲学》，到1934年发表《牛天赐传》，不到十年时间，老舍贡献了八部长篇小说。钱锺书的幽默富含学问与智慧，可称高级知识分子的幽默；老舍的幽默则是他自觉趋附、迎合市民趣味的结果。老舍的文字总有一种北京天桥单口相声的调调，总给人——用北京话讲——"贫"的感觉。鲁迅生前对老舍"油滑"的恶评，我想是代表了当时的主流文坛对老舍的看法的——"严肃"才是那个时代的文学主流。

1937年写成的《骆驼祥子》是老舍一定意义上接受了左翼文学主张后的作品，也可说是老舍向主流文坛"输诚"的一部作品。写《骆驼祥子》时，老舍克制着自己几成习惯性的"幽默"，或者说"贫"的冲动，虽偶有控制不住的时候，但总体而言，跟老舍以前的作品相比，《骆驼祥子》是一部相当严肃的作品。

《骆驼祥子》写的是一个"要强的、体面的、充满理想"的人力车夫祥子如何一步步地走向失败，同时堕落为一个社会渣滓、一个都市"烂仔"的故事。主流的进步文坛接纳、肯定了老舍的这部小说，无疑是把祥子作为受害者，尤其是在左翼的批评家看来，祥子的失败与堕落，都是社会的黑暗闹的。通过个体苦难与悲剧透视社会制度与社会结构的不合理，早就是左翼批评界习用的"艺术社会学"方法。革命需要底层动员，对不合理社会的控诉则是革命的底层动员的重要手段。

不能说左翼的批评家们误会了老舍，既是向主流进步文坛"输诚"，控诉与揭露肯定是老舍创作的原始动力，或者说初心、初衷。但真实、客观的生活又不是那么简单。自身因素在一个人的命运中总是扮演着重要的角色。一个人最后拥有什么样的人生，总是自身（内部）因素与外部因素合力的结果；而且如唯物辩证法所告诉我们的那样，外部因素总是通过内部因素才能起作用。

形式主义的"意图谬误"理论强调文学文本的自足性，排斥作者主观意图对于文本阐释的重要性，当然有它的偏颇。"意图谬误"理论给我们的有益启发在于，作者主观意图总是受诸如意识形态这样的一些非文学因素的干扰，因而总难免是单向而简单的；而一个作家只要对生活与人性有诚实的观察，总能有意无意间表现出生活、人性本身的丰富性与复杂性，从而使得文学文本对最初的创作意图形成背离，甚至消解。老舍的初衷自然是要把祥子写成一个"受害者"，从而暴露社会制度与社会环境的黑暗与不合理。一个显然的事实是，祥子走向失败与堕落的结局是他一系列选择的结果，或者说，是他一系列选择的"总和"——而这些选择并不都是被强迫的，多数情况下，是祥子的自主选择。

所以，我在给学生讲《骆驼祥子》时，一边强调祥子悲剧的制度与环境因素，同时又不断强调祥子自身因素在自己的命运中所扮演的重要角色。

祥子走向堕落的第一步，或者说，起点在哪里？我认为，祥子堕落的起始第一步在小说一开始就出现了。祥子第一次买了自己的车，越拉胆子越大。有一次赶上兵乱（军阀之间开战），他拉客人到了一危险地带，连人带车被大兵们给掳了去。后来祥子乘乱逃跑，逃跑的时候，顺手牵走了兵营里的三匹骆驼，由此落下了"骆驼祥子"的外号。对，"顺"走三匹骆驼，就是祥子堕落的"第一步"。我在课上讲到这里，学生们都瞪大了眼睛。我晓得他们的意思：倾尽所有，好不容易买的车，被兵们抢了去，牵走三匹骆驼怎么了？完全可以理解，可以接受，可以原谅的呀！但我有我的坚信与坚持。越是多数人都认为祥子的这一行为"可以理解，可以接受，可以原谅"，越是从一个侧面证明，人迈出堕落的第一步有多么容易。

祥子来自乡村，来自乡土，本有着泥土一般的干净与质朴。于财物不苟取。不是自己的东西，绝对不会去沾。而当他"顺"三匹骆驼那一刹，他的内心已经不那么干净，不那么质朴了。有了第一步，就会有第二步，第三步……之前，祥子拉车，"不肯抢别人的买卖，特别是对那些老弱残兵"；现在，"他不大管这个了，他只看见钱，多一个是一个，不管买卖的苦甜，不管是和谁抢生意，他只管拉上买卖，不管别的，像一只饿疯的野兽"。"别人对我不好，我也可以对他不好"，"在一个地方吃了亏，可以从别处拿回来"，[1]祥子的内心已经滋生了某种毒素。我没有说"被注入"，而是说"滋生"。人性的弱点，或者说人性的亏与欠，一直在我们的内心蛰伏，等待被唤醒。

我甚至认为，若非祥子内心的这种"质"的改变，他跟虎

---

[1] 许子东：《许子东现代文学课》，上海三联书店，2018，第328页。

妞之间那档子事,或者根本不会发生。那天晚上,落入虎妞设计的性的陷阱,是祥子走向堕落深渊的非常关键的一步。虎妞诱引祥子不假,但就算一个男人诱引女性,若对方抵死不从,想"霸王硬上弓",尚属不易;虎妞再凶悍,毕竟是女子,如何能将如此高大、健壮的祥子"赶鸭子上架"?我的意思是,祥子若能把持得住,虎妞的诱引根本不可能成功。可惜的是,这时的祥子已经不是以前的祥子了!他已经不是那个来自乡土,浑身充满干净、清新气息的年轻车夫,他已经不把从别人身上占点便宜、揩点油看得有多严重。

小说最后,被祥子出卖从而挨了枪子儿的"革命者"叫阮明。说他"投身革命",真是高看他了,说他是"投机"革命才对。阮明在政府机关里做着小官,因为要享受更多的女人,更舒适的生活,于是总觉钱不够用,于是早年的"激进"思想又浮上头来,不过已与理想无涉,而是要把思想换成金钱。他向革命的机关出售情报,才让祥子抓住了把柄。这里插一句,老舍的民间性,某种意义上就是"好好过日子"的平民性、市民性。1926年,在长篇小说《赵子曰》中,老舍对学生运动极尽嘲讽之能事;1932年,在长篇小说《猫城记》中对革命军队冷嘲热讽;这回老舍好不容易写到一个"革命者",这个"革命者",还须加引号。阮明本身也不是什么好鸟。老舍20世纪50年代后,所以表现得"处处紧跟",或跟他前期对于革命的暧昧立场有关。这或许已经成为一种"原罪",缠结在老舍心头,使他必须加倍地表现"忠诚",才可以抵消沉重的负罪感和恐惧感。

一般人活在这个世界上都有道德压力，或者说得学术化一点，叫道德紧张感，所以一个人做坏事之前，总会先试图在道德的层面说服自己，从而也是撇清自己，使自己免于背负沉重的道德包袱。阮明是如何说服自己的呢？老舍写道："当良心发现的时候，他以为这是万恶的社会陷害他，而不完全是自己的过错；他承认他的行为不对，可是归罪于社会的引诱力太大，他没法抵抗。"

老舍显然不以为然的这种"归罪社会，撇清自己"的思想倾向是阮明的，未尝不同时是祥子的。祥子有哪一次不是像阮明一样，把一切归罪给"无物之阵"，心安理得地、干干净净地撇清了自己！

祥子值得"同情"之处即在于，某种意义上推动祥子滑向堕落的深渊的人性的弱点，我们每一个人都有份，有的已然显露，有的尚在蛰伏，等待唤醒。祥子一步步"失落了天真"的过程是我们每一个人现实的，或可能的人生的镜像。我们不必生活在一百年前的北京，我们不必去做车夫，但我们中的多数，到头来还不是和祥子一样，把自己活成自己不喜欢，甚至讨厌的样子。

据说，文学应该是"人学"，我对此的理解是，文学是对人的灵魂的秘密的探索。相对于批判、控诉、揭露，文学更重要的关怀毋宁如一位著名女作家三十年前所宣示的那样："我只想说一个人变好变坏往往身不由己，是社会和环境所迫，然后还想问,面临着同样的社会和环境是不是每个人都会由好变坏?如果不是(显然不是),又是什么原因造成这种分野?是不是人自己?人的本性在人的命运中究竟占了几分主导地位?一个人的堕落,是外界的一只手和自己的一只手同时拽下去的,是不是只有它们联手才会有力量将人战得一败涂地?"[1]

虎妞形象的接受分析

老舍显然是不喜欢虎妞的。如果按照上海的陈思和教授的说法,老舍写虎妞某种程度上受到了中国民间"女人这个东西不能碰,谁碰谁倒霉"的"色戒"伦理的影响,则老舍在塑造虎妞这一形象时,还带着一定意义上的主观恶意。但作品最后产生的效果往往会出乎作者本人意料,也为作者本人不能左右。多数的读者喜欢虎妞胜过喜欢祥子,虎妞这个人物让读者产生的阅读愉悦与快意更非祥子所能比。

这是怎么一回事呢?

我在课上给学生讲到这一问题时,绕了点弯子,讲了我的一段阅读与观赏经验。根据林语堂的长篇小说《京华烟云》改编的同名电视剧有台湾与大陆两个版本,前者是赵雅芝演的姚木兰,后者是赵薇演的姚木兰。不管是赵雅芝版的姚木兰,还是赵薇版的姚木兰,都很难让我在观剧时打起精神来,相反,

---

[1] 转引自於可迅:《方方近作的艺术》,《文学评论》1993年第4期。

却感到某种程度的丧气。这个姚木兰真是太好了，聪明、善良、温柔、贤惠、逆来顺受、忍辱负重，外加知书识理，关键时候，还能吃苦耐劳……关于女性传统美德的所有词语几乎都可以安到她的头上。但唯其太"好"，没有一丝一毫的缺点，在艺术审美的意义上，反而"跌分"。

人在现实生活中和艺术审美时的态度是不一样的。在现实生活中，人总是功利的。在现实生活中，每个人都愿意娶姚木兰这样的女子做妻子，善相处，有面子；谁都不愿意娶虎妞那样的女人做老婆，长得丑不说，还那么粗俗，那么凶。但在艺术审美的世界中，却可说掉了个个。艺术审美的世界是一个虚构的，或者说虚拟的世界（不是真的），所以人在进行艺术审美的时候，是非功利的。你无需希冀，因为你喜欢姚木兰，荧幕上真会走下一个软玉温香的姚家大小姐；同样，你也无须担心，因为你喜欢虎妞，虎姑娘就真会从小说里走出来，像她缠上祥子一样，缠上你。

其实，不一定在艺术审美的世界里，即使在现实生活中，如果能适度跳开，即摆脱现实的、功利的牵绊，同样可以一定程度上享受这种心灵、精神的自由。奥地利作家茨威格在他的回忆录《昨日的世界》里讲了他的一段经历。那年，茨威格来到德国的柏林。远离故土、亲人、朋友，几乎完全置身于一个陌生人的世界里，没有了现实的、功利的拘囿，茨威格某种程度上得以以艺术审美的方式面对这个世界。他对那些世俗意义上的"坏人"产生强烈的亲近欲望，远胜对那些循规蹈矩的

"好人"。他和那些酒徒、吸毒者同坐一桌,他十分自豪地和一个被判过刑的大骗子握手。一个人名声越坏越会使他产生一种和他交往的欲望。茨威格在解释这些危险人物的"诱人"之处时写道:"他们从不吝惜和近乎蔑视自己的生命、时间、金钱、健康和名誉。他们是豪侠,他们是只知为了生存人生目标的偏执狂人。也许人们会在我的长篇和短篇小说中觉察到我对他们豪迈本性的偏爱。"[1]

我觉得茨威格说得太好了。"豪侠""豪迈",让我想起导演张元为他的电影《看上去很美》接受记者采访时说过的一句话:"这个世界上有高高在上的规则,也有自由奔放的灵魂。"这句话起码在一多半的意义上,诠释了人类为什么会有以及为什么需要艺术。

我们现在可以回到虎妞。虎妞可说是一个完全的"坏"女人,跟姚木兰相比,虎妞跟任何的传统的女性美德都不沾边。为了行文方便,我提出一个概念,叫"男权文化的女性想象"(我一直以为这是我生造的一个词,如果已有人先我提出,那只能说是"英雄所见"了)。虎妞这个人物事实上构成对男权文化的女性想象的反抗与挑战。在现实生活中,男人总是用男权文化的女性想象对女性的身体乃至精神进行规训,女性则总是按照男权文化的女性想象来模塑自己的形象。女人为什么应该温柔,因为男人认为女人应该温柔;女人为什么应该贤惠,

---

[1] 斯蒂芬·茨威格:《昨日的世界》,三联书店,2012,第126页。

因为男人认为女人应该贤惠；女人为什么应该逆来顺受、忍辱负重，因为男人认为女人应该逆来顺受、忍辱负重……从这个意义上说，不讲仁义，粗俗，凶悍如"一座大黑塔"的虎妞完全不是男人想象中的女人，虎妞活在自己的想象当中；虎妞也不是男人欲望中的女人，虎妞活在自己的欲望之中。甚至在与祥子的性关系中，虎妞也没有传统女性应有的矜持，总是占据主动。相比之下，来自乡野的祥子反不如虎妞更具有野性的生命活力。老舍几乎是刻意地去表现虎妞的"淫乱"如何败坏了祥子作为一个优秀车夫的好身板。我们不要忘了，虎妞是一个快四十岁的女人，再是性欲旺盛能旺盛到哪里去呢？而祥子是一个二十岁出头，高大、健壮的棒小伙。一个虎妞就弄坏了祥子的身体，老舍这里无疑是夸大了两性关系对人的身体的负面影响，完全无视现代卫生学所证明了的性与人的健康的正向关系。我觉得这个可作为老舍在写虎妞时带有主观恶意的一个证据。

　　艺术的本质是什么？我觉得就是自由。虎妞给读者带来的阅读愉悦与快意，根植于我们内心深处对于自由，对于"冲决网罗"的热望。这种对自由的渴望，在现实生活中，为道德压力、道德焦虑所逼，进入蛰伏状态，但它却可以在面对文学艺术作品的时候，在面对虎妞这样的敢想敢为、野性张扬的生命时被唤醒，获得"代偿性"的满足；而获得"代偿性"满足的同时，我们在现实生活中所积累的道德压力、道德焦虑、道德紧张感也得到哪怕是短暂的释放。

从生命形态而言，虎妞是野性的、向外的、张扬的；而祥子则是向内的、萎缩的。这自然是从艺术审美的意义上而言。其实，即使从现实的层面上而言，在虎妞的映照下，祥子身上的很多问题，也可说进一步凸显。虎妞是自私的，但她对祥子是真的好；祥子也是自私的，且看不出他对谁能"真的好"。甚至祥子对小福子的"好"也因了自私，而极有限度。小福子最后死在了白房子，祥子必不可能承认，把小福子逼入白房子的，正是他自己，是他的"眼里只有钱"的自私。思维与精神的开阔程度，祥子亦远逊虎妞，祥子眼里只有"车"，只识得拉车，似乎这世上除了拉车，没别的活路；虎妞则对生活的其他诸种可能性有一定程度的意识，起码也不会狭隘到祥子那样"一棵树上吊死"。诚如陈思和先生所指出的那样："他（祥子）的眼睛里只有钱，因为有了钱就可以买车，所以一开口就是钱。虎妞心里却有更多的东西，她希望得到丈夫的爱，希望有自己的家庭生活，一个女人的心要比男人宽阔得多。在祥子身上，连农民粗野的原始性冲动的那股力量也没有，都市里过于现实的算计和过于沉重的劳动早已把他心里诗情的东西都消耗掉了，人性发生了异化。所以要从两性的状态上说，祥子比虎妞更加变态，更加糟糕。"[1]

还有更糟糕的，为我们读者所不愿意承认的，却又必须面对的残酷真相。虎妞固然自私、凶悍，却谈不上残忍，尤其

---

[1] 陈思和:《中国现当代文学名篇十五讲》，北京大学出版社，2006，第312页。

是对祥子。那么，祥子呢？虎妞怀孕，最后的结果是难产。虎妞的难产很正常，不说她的好吃懒作的不良生活习惯，单说年龄，虎妞那个时候已近四十岁，即使以今天的医学水平，也属高危产妇；但虎妞最后的死，却并非完全不可避免。进正规医院，接受正规治疗，大人、孩子皆有可能保住。这当然需要钱。小福子到医院问了的结果是："医生来一趟是十块钱，并不管接生，接生是二十块，要是难产的话，那就得几十块了。"祥子固然拿不出这么多钱，但别忘了，祥子这个时候手里有一辆车啊，而且这辆车还是用虎妞的私房钱买的。把车兑（卖）了，事情即有转圜。

但祥子这个时候想不到这个可以"救急"，可以挽救虎妞母子性命的唯一办法，而是看着虎妞于极度无助中死去。小说写到这里有一句："祥子没办法，只好等着该死的就死吧。"一个"该"字，自然指的是"命"或"命运"。并非没有"办法"的祥子这回是把虎妞的死推给"命"，虎妞命里该死，再一次把自己撇得干干净净。

接着虎妞之死，小说进入第二十章，开篇第一句话是"祥子的车卖了……"，祥子"宁可卖车葬老婆，也不卖车给她看病"[1]。"祥子的车卖了"寥寥六字似漫不经意，却又可说惊心动魄。

---

[1] 许子东：《许子东现代文学课》，上海三联书店，2018，第329页。

九 《倾城之恋》：爱的能力的缺损与"回归"

诗人和小说家的角色分殊

《倾城之恋》小说故事开始的时候，女主人公白流苏已经离了婚在娘家住到了第八个年头。就在这个时候，白流苏的前夫家托人来白公馆报丧：她的前夫死了。一听说白流苏的前夫死了，白流苏的几个哥哥嫂嫂内心都开始打起了小算盘，因为他们觉得这是一个把白流苏扫地出门的绝佳机会。于是小说里就有了这样一段对话：

　　三爷道："六妹，话不是这样说。他当初有许多对不起你的地方,我们全知道。现在人已经死了,难道你还记在心里?他丢下的那两个姨奶奶,自然是守不住的。你这会子堂堂正正的回去替他戴孝主丧,谁敢笑你?你虽然没生下一男半女,他的侄子多着呢,随你挑一个,过继过来。家私虽然不剩什么了,他家是个大族,就是拨你看守祠堂,也饿不死你母子。"白流苏冷笑道:"三哥替我想得真周到,就可惜晚了一步,婚已经离了这么七八年了。依你说,当初那些法律手续都是糊鬼不成?我们可不能拿着法律闹着玩哪!"三爷道:"你别动不动就拿法律来吓人,法律呀,今天改,明天改,我这天理人情,三纲五常,可是改不了!你生是他家的人,死是他家的鬼,树高千丈,落叶归根——"流苏站起身来道:"你这话,七八年前为什么不说?"三爷道:"我只怕你多了心,只当我们不肯收容你。"流苏道:"哦?现在你就不怕我多了心?你把我的钱用光了,你就不怕我多心了?"三爷直问到她脸上道:"我用了你的钱?我用了你几个大钱?你住在我们家,吃我们的,喝我们的,从前还罢了,添个人不过添双筷子,现在你去打听打听看,米是什么价钱?我不提钱,你倒提起钱来了!"

这样的对白在张爱玲的小说里具有代表性。夏志清在《中国现代小说史》里特别提到张爱玲笔下"人物对白的圆熟",特别接地气,如果拿过来拍电影或者电视剧,根本不需要改编;然所以能如此圆熟,除了语言天分之外,则是夏志清特别强调的另一点,"中国人脾气的给她摸透"[1]。

可能要先想到张爱玲写下这样的文字时候的年龄,才会觉出这段文字的惊心动魄。《倾城之恋》发表于1943年,那年张爱玲二十三岁,开始写作的时间自然更早。一个二十岁出头的女子,照现在,还是任性撒娇,不脱奶气的年龄——如陈思和先生所问——怎会"对人情物理如此熟稔",甚至给人一种洞察世态人情的冷酷的感觉。[2]

有人说,《倾城之恋》好就好在把蒙在两性关系上的爱情的面纱给无情地揭去。其实张爱玲在把爱情这层面纱揭去之前,已经先行把蒙在家庭伦理关系上的"亲情"这层面纱无情地揭去了。不妨再看一段。正当三爷和自己的六妹(白流苏)唇枪舌剑的时候,白公馆的四奶奶,也就是白流苏的四嫂也在场:

> 四奶奶站在三爷背后,笑了一声道:"自己骨肉,照说不该提钱的话。提起钱来,这话可就长了!我早就跟我们老四说过——我说:老四你去劝劝三爷,你们做金子,做股票,不能用六姑奶奶的钱哪,没的沾上了晦气!她一嫁到了婆家,丈夫就变成了败家子。回到娘家来,眼见得娘家就要败光了——天生的扫帚星!"三爷道:"四奶奶

---

[1] 夏志清:《中国现代小说史》,广西师范大学出版社,2014,第286页。
[2] 陈思和:《中国现当代文学名篇十五讲》,北京大学出版社,2003,第353页。

这话有理。我们那时候，如果没让她入股子，决不至于弄得一败涂地！"

我在讲到冰心的时候，谈到过"诗人和小说家的角色分殊"问题。冰心的小说可说卑之无甚高论，现在的人读不下去很正常，但是冰心的两本小诗集《繁星》和《春水》或是冰心作品中可以传世的作品。所谓"诗人和小说家的角色分殊"，通俗地讲，就是诗人和小说家往往是不同类型的两种人。对于诗人来讲，一个诗人可以不需要什么社会阅历、人生经验，也就是说，可以保持某种程度的单纯、天真。单纯和天真对于一个诗人来讲往往还会成为创作上的优势。

文学史上比较能够说明问题的例子也许是李煜。喜欢写诗填词的皇帝，古往今来多矣，然大抵是玩票的水平，比如乾隆皇帝，据说一生写了四万多首诗，有一首称得上"脍炙人口"吗？李煜则不同。李煜在词的历史上占有一个非常重要，具有里程碑意义的地位。王国维在《人间词话》里如此评价："词至李后主而境界始大，感慨遂深，遂变伶工之词而为士大夫之词。"王国维还从出身与成长环境的角度分析了李煜的词何以能如此杰出的原因："成于深宫之中，长于妇人之手，是后主为人君所短处，亦后主为词人所长处。"李煜出身皇家，自小在皇宫内院里长大，平时接触的都是后宫里的嫔妃和宫女，这样单纯的成长环境，因为谈不上什么经验和阅历，对于作为皇帝的李煜来说是短处，不知道创业艰难，也不懂得励精图治；

但对于作为诗人、词人的李煜,却为长处,因为"不失其赤子之心"。按照明人洪应明《菜根谭》的说法:"入世浅,点染亦浅;入世深,机械亦深。"我觉得,此处"机械"两个字特别好,洪氏所言"机械",即我们经常讲的"失去灵气"耳。阅历既广,城府既深,人即会失去灵气,这对于诗人来讲,当然是致命的。

现在的问题是,小说家能不能单纯、天真?我觉得,我们的回答必须是否定的。小说与诗不同。如果说诗可以玲珑剔透,小说则必须是"藏污纳垢"的。小说是叙事文体,且"叙"的又是人间之事;而我们的人间,过去不干净,现在不干净,也不可能指望将来有一天会变得干净,所以小说的叙事之流就必然裹挟着人间世的污泥浊水。而且说到底,"藏污纳垢"的小说才好看啊。比如《红楼梦》好看就好看在乌七八糟的什么都有,用焦大骂贾府的话,"扒灰的扒灰,养小叔子的养小叔子";用柳湘莲评贾府的话,"就门口两个石狮子是干净的"。很难想象曹雪芹如果单纯、天真,则于《红楼梦》里的"污泥浊水",大到官场上的倾轧挤对,小到旧式大家庭里的钩心斗角、小奸小坏,他要么看不见,要么即使看见了,也看得不会那么深、那么透(彻)。

小说家不仅不能单纯、天真,小说家必须洞明世事,必须将人情物理熟稔于心。王国维《人间词话》里区分了"主观之诗人"与"客观之诗人":"客观之诗人,不可不多阅世。阅世愈深,则材料愈丰富,愈变化,《水浒传》、《红楼梦》

之作者是也。主观之诗人，不必多阅世。阅世愈浅，则性情愈真，李后主是也。"王国维所说的"客观之诗人"，即我们通常所谓小说家也。

　　阅历与年龄本非总是正相关，何况多的是七十岁的"老天真"，二十岁的"沧桑看惯，浮云等闲"。张爱玲身上更重要的有两点。其一，是她对有限的生活经验和材料的"天才式"利用。严家炎曾说："张爱玲的起点就是她的顶点。在40年代，她可能已把自己的生活积蓄，乃至艺术积蓄写尽了。"[1]看起来不是什么好话，却也让我们从侧面看到，张爱玲是如何善自珍惜自己的仅有的生活和艺术积累，又是如何对这些经验和材料善加利用，所有的经验和材料的碎片，都经由她的圆熟的中文，进入小说的艺术世界。其二，张爱玲似乎有天生的对人性的兴趣。"文学是人学"，我对此的理解是，文学是人学即意味着文学是对人性的研究，是对人的灵魂的秘密的探索。对人性保有足够而持久的观察与研究的兴趣与热情，可说是一个优秀作家最重要的禀赋。张爱玲经历了香港沦陷的全过程。香港战事当然是张爱玲人生经验中非常重要的一节。在战争这种极端环境下，人性的本相最容易暴露无遗。余斌在《张爱玲传》中关于张爱玲此时的生活姿态有一段描述："张爱玲在更多的时候仍是保持着她冷眼旁观的一贯作风，她将冷静而挑剔的眼光投向周围的人，同时也投向自己，于众人的种种反应与

---

[1]　严家炎：《中国现代小说流派史》，新星出版社，2021，第160页。

行为中张看着人性。"[1]这可以认作是一个传记作家对自己的传主知之既深后的合理想象。张爱玲把人心、人性看得太透,她知道人的心思有多少属于阳光,有多少属于黑夜。她甚至能经常越过人物的意识表层,进入人物自己都不自觉的潜意识领域。《鸿鸾禧》中,眼看主人公玉清两天后就要举行婚礼了,张爱玲淡淡一笔,点染了一下玉清未婚夫的两个妹妹二乔、思美的"心思":"各人都觉得后天的婚礼中自己是最吃重的脚色,对于二乔四美,玉清是银幕上最后映出的雪白耀眼的'完'字,而她们是精采的下期佳片预告。"她如此表现出嫁这天玉清的心理:"玉清非常小心不使她自己露出高兴的神气——为了出嫁而欢欣鼓舞,仿佛坐实了她是个老处女似的。玉清的脸光整坦荡,像一张新铺好的床;加上了忧愁的重压,就像有人一屁股在床上坐下了。"张爱玲所以经常给人尖酸刻薄的印象,以致有"毒舌"之谓,或正以其"所见者真,所知者深"(王国维语)而又口不择言耳。

我曾给南京的《现代快报》写过一篇叫《张爱玲只能远看》的专栏文章,表达了一个意思,那么多女大学生喜欢读张爱玲,也许适合中国古代的一个成语"叶公好龙"——这真应了那句西谚:一个天才在历史上是伟大的,一个天才住在隔壁,就是个笑话。因为,很显然,如果张爱玲就住在她们的隔壁,或者就是她们的上铺或下铺,她们会喜欢这样

---

[1] 余斌:《张爱玲传》,人民文学出版社,2013,第52页。

一个女人吗？这个女人孤傲绝尘，而又见事太明。自古中国读书人的毛病是"明于礼义而陋于知人心"，而张爱玲是"知人心"的。她于人心的曲折幽深、人性的亏与欠皆能洞若观火，所以她的文字往往反而特别容易伤人。譬如，她说："父母大都不懂得子女，而子女往往早就看穿了父母的为人。"张爱玲漫不经心，脱口而出，却想不到这会让普天下万千父母情何以堪。把这句话里的"父母"换成"教师"，"子女"换成"学生"，大抵亦能成立，这又会让普天下万千以"误人"为业者，何地自容。"太小看了孩子"可说已经是我们教育的顽症，几为张爱玲几十年前便一语道破。

白、柳姻缘：爱的能力的缺损

娘家是再也住不下去了，二十八岁的白流苏迫切地需要为自己的后半生寻求一个经济上的依靠，而这又谈何容易！他们这样的家庭，主动出去交际，会被认为"有辱门庭"；待人张罗，则白流苏下面还有两个妹妹，三哥、四哥的几个女孩子眼看着也大了，张罗她们还张罗不过来，哪里顾得上她。一个已不年轻，而又有过一次失败婚姻的女人，在如此窘迫的环境里，是最容易产生人生迟暮之感的。小说里有一段：

> 白公馆有这么一点像神仙的洞府：这里悠悠忽忽过

了一天,世上已经过了一千年。可是这里过了一千年,也同一天差不多,因为每天都是一样的单调与无聊。流苏交叉着胳膊,抱住她自己的颈项。七八年一霎眼就过去了。你年轻么?不要紧,过两年就老了,这里,青春是不希罕的。他们有的是青春——孩子一个个的被生出来,新的明亮的眼睛,新的红嫩的嘴,新的智慧。一年又一年的磨下来,眼睛钝了,人钝了,下一代又生出来了。这一代便被吸收到朱红洒金的辉煌的背景里去,一点一点的淡金便是从前的人的怯怯的眼睛。

夏志清在《中国现代小说史》谈及张爱玲所受弗洛伊德及西洋小说的影响主要强调了两点,即心理描写的细腻及善于运用暗喻充实故事内涵。[1]我们不缺关于迟暮之感的杰出的古典表达,年华易逝的感伤、无计留春的苦闷甚至可说是中国古典诗文的恒常主题;然而是张爱玲的一句暗喻"这一代便被吸收到朱红洒金的辉煌的背景里去,一点一点的淡金便是从前的人的怯怯的眼睛"使得"迟暮"之感才有了杰出的现代汉语的表达。

好在机会说来就来。但这机会起始并不是白流苏的,而是白公馆的老七宝络的。有人给宝络介绍了南洋富商范柳原,白流苏原是陪宝络去相亲的。而宝络所以要硬拉上流苏一起

---

[1] 夏志清:《中国现代小说史》,广西师范大学出版社,2014,第286页。

去，是因为四奶奶要把自己的两个女儿金枝金蝉也带上。宝络看穿了四奶奶的心思，万一范柳原看不上宝络，她的两个宝贝女儿可以顺势替补，小是小了点，再过两年，也就不小了呀。千算万算，不如天算，范柳原确实没有看上宝络，偏偏看上了二十八岁的老姑娘白流苏。

这使得流苏在白公馆的处境雪上加霜。本来对于流苏跟哥哥嫂嫂的矛盾，宝络是可以置身事外的，自己是早晚要嫁出去的人，而现在是连宝络也不同情白流苏了。然而流苏没有悔意，亦不觉抱歉，反感到某种快意：

今天的事，她不是有意的，但无论如何，她给了他们一点颜色看看。他们以为她这一辈子已经完了吗？早哩！她微笑着。宝络心里一定也在骂她，骂的比四奶奶的话还要难听。可是她知道宝络恨虽恨她，同时也对她刮目相看，肃然起敬。一个女人，再好些，得不着异性的爱，也就得不着同性的尊重。女人们就这点贱。

其实，当时的白流苏不是只有范柳原一个选择。徐太太在把宝络介绍给范柳原的同时，双管齐下，为白流苏物色了一位姓姜的，在海关里做事，新故了太太，丢下了五个孩子，急等着续弦。但是白流苏最后还是决定把赌注押在范柳原身上，除了一层层必要的利害的算计与权衡之外，一个重要的"驱动"就是"复仇"的快意：

流苏的手没有沾过骨牌和骰子，然而她也是喜欢赌的。她决定用她的前途来下注。如果她输了，她声名扫地，没有资格做五个孩子的后母。如果赌赢了，她可以得到众人虎视眈眈的目的物范柳原，出净她胸中的这一口恶气。

你们不是都想得到范柳原吗？那好，我偏要你们得不到，我来得。流苏的精明与算计（"精刮"）、阴狠与决断，如果套用夏志清分析《围城》中孙柔嘉的说法，亦是"中国妇女为应付一辈子陷身家庭纠纷与苦难所培养出来的特性"[1]，诚有不得已也。

小说接下来就是白流苏与范柳原之间漫长的恋爱"马拉松"。

白流苏、范柳原之间究竟有没有爱？这个问题竟然一度小有争议。我倒是觉得张爱玲首要关心与表现的并不是"有没有爱"的问题，而是爱的"能力"的缺损问题。我的感受是，读张爱玲越多，越深入，越是倾向于把爱情理解成一种能力。

青年鲁迅在谈及中国人的国民性时，曾说中国人缺少"诚与爱"。我想，鲁迅的真实意思应该是，中国人缺乏"诚与

---

[1] 夏志清：《中国现代小说史》，广西师范大学出版社，2014，第311页。

爱"的能力。一种文化，一种文明如果是病态的，它最严重，或者说最糟糕的后果，便是会造成人的各种能力的缺损。

何止是与"诚""爱"，扩而言之，我们经常挂在口头的很多东西皆可理解为"能力"，比如真诚，比如幸福，比如快乐。

真诚是一种能力，如果一种文化，或一种社会生态，以真实与真相为敌，人浸润其中既久，就会一步步失去真诚的能力。而在一个普遍缺乏真诚的能力的社会里，多数人依然认为自己是真诚的，这只能说明，人是一种多么不自知，又多么容易被自己感动的生物。

幸福，快乐亦是一种能力，很多人不快乐、不幸福，与处境并无必然关联，而是因为他们把幸福与快乐的能力丢失了。这种丢失，可能发生在人的各个年龄段，十七八岁，十二三岁，七八岁，甚至更早。

前几年，有好事者把《倾城之恋》改编成了电视连续剧，这极有可能是中国电视剧史上最糟糕的改编之一。白流苏、范柳原两个人物都被依"感动中国"模式，进行了不负责任地拔高——有情有义兼忧国忧民。张爱玲的遗嘱执行人、香港的宋琪夫妇发表文章，明确指出：《倾城之恋》写的是一对狗男女的故事。宋琪的话可能有点过，如果用张爱玲的原话讲，《倾城之恋》写的就是"一个自私的男人"和"一个自私的女人"的故事。白、柳两个人都是"精刮"的，两个人内心都各有盘算、各有算计，整场恋爱才像打太极拳一样，闪展腾挪，对双方的智商都可说是个大考验。

美国人弗洛姆在《爱的艺术》中讲："爱绝非是一种任何人都可轻易体会的情感，人必须竭尽全力促成其完善的人格，形成创造性的心理倾向，否则他追求爱的种种努力注定要付之东流，不具备本真的谦卑、勇气、信仰与自律者不可能获得爱的满足。"从某种意义上，是不是可以说，《倾城之恋》讲的就是一对因自私而失去爱的能力的男女上演的一场恋爱悲喜剧？

接下来，我们尝试分析小说中的两个细部。第一个是白流苏第一次到香港跟范柳原见面，两人在旅馆里的一段对话：

> 柳原笑道："你知道么？你的特长是低头。"流苏抬头笑道："什么？我不懂。"柳原道："有人善于说话，有的人善于笑，有的人善于管家，你是善于低头的。"流苏道："我什么都不会，我是顶无用的人。"柳原笑道："无用的女人是最最厉害的女人。"

张爱玲笔下的恋爱特别充满人间的烟火气，正常情况下，男女刚开始交往，心理总是设了防的；何况白流苏内心里还别有盘算与算计——自己什么都没有了，只这一锤子买卖了，她不能输，也输不起。于是她在跟范柳原交往的时候，特别谨慎。正是因了这种设防和谨慎，范柳原的很多无心之言才往往被白流苏理解成语言陷阱。上海人的精刮这时候就派上了用场，什么意思呀，有人善于说话，有人善于管家，我是善于低头的,你不就是说我这个人没有用吗?于是白流苏才绵里藏针地反击道:"我什么都不会,我是顶无用的人。"

许子东注意到,张爱玲极少像她早年熟悉的作家巴金那样写,"咬着牙齿狠狠地说:……"张爱玲只会这么写,"觉慧道:……梅表姐笑道:……"人物的表情与心思都要通过"道"的内容来体现,她不会加上新文艺腔的说明内容。[1]加上表情形容词的写法是新白话,而她用的是从《红楼梦》《海上花》一路的旧白话,所以张爱玲的人物对白总能传达丰富的心里信息与心理内容。这是张爱玲小说对白的又一特色。

范柳原所谓"你是善于低头的"究是何意,小说里虽然没有交代,我们作为读者却不妨悬揣。范柳原此言也许非但不是如白流苏理解的是对她的揶揄,相反,表达的正是范柳原对她的欣赏。范是情场高手,阅人无数,为什么偏偏看上了离过一次婚的二十八岁的老姑娘白流苏呢?白流苏让范柳原为之动心的也许正是她身上东方女人的神韵,而东方女性的神韵的一个重要方面便是女性的"羞感"。至于"低头"这一身体姿态和羞感的关系,我们只需看看徐志摩的诗便会明白。他在写给一个日本女郎的诗中写道:"恰是那一低头的温柔,似一朵水莲花不胜凉风的娇羞。"[2]

果真如此,范柳原的一番苦心便被因紧张与谨慎而神经过

---

[1] 许子东:《许子东现代文学课》,上海三联书店,2018,第314页。
[2] 关于小说的这一细部,拙文《"那一低头的温柔",如何寻觅?》中有更深入分析。该文原刊2014年5月25日《羊城晚报》,题《说"羞感"》,现作为本章"附录二"收入本书,有改动。

敏的白流苏辜负了。

第二个细部是他们之间的这场恋爱马拉松正呈胶着状态时，还是在香港的一家旅馆里，一天深夜，范柳原从自己的房间给白流苏的房间打电话，说是要给白流苏念诗。范柳原念的是《诗经》里的四句：

　　死生契阔，与子相悦。执子之手，与子偕老。

而《诗经》的原文是："死生契阔，与子成说。执子之手，与子偕老。"这自然只能有两种解释，要么是作者张爱玲把《诗经》里面的这四句记错了；要么是张爱玲利用小说家的权力故意安排范柳原把这四句念错了，也就是说范柳原是故意的。

我反正是不相信张爱玲会把"与子成说"误记成"与子相悦"。"与子成说"与"与子相悦"虽只两字之差，意思却大相径庭。如果说，"与子成说"（我们互相之间发过誓，要生生死死在一起）表达的是对待爱情的理想主义的态度的话，"与子相悦"表达的只能是对待爱情的现实主义甚至犬儒主义的态度；如果说"与子成说"承诺的是终身之事，"与子相悦"许诺的只是露水姻缘。范柳原像所有的有钱人一样，对待婚姻是谨慎的。因为婚姻不仅须上闻于家族，更意味着财产的分割。这自然不是说他对白流苏就是虚情假意，只能说明理性的他起初是无意以传统的婚姻的方式处理他们之间的关系的，所以他能给白流苏的顶多就是一个情人的名分。由此，范柳原

"念错"诗的用意昭然若揭：他无非是要以隐晦然而体面的方式提醒白流苏接受做他情人的名分。只是这番良苦用心自非识字不多的白流苏所可意会，活该这场恋爱谈成恋爱马拉松了。[1]

流苏"走后"怎样？

再漫长的"恋爱"终需一个结局，如同小说终归要有一个结尾。尽管在张爱玲的安排下，不识多少字的流苏在这场恋爱"马拉松"、智慧考验战中，凭借精明与精刮，与受过高等教育的，同样精明与精刮的范柳原，几能打个平手；但最终的结局却几乎是没有悬念的——相比柳原，流苏再怎么精明，总属弱势的一方。流苏最后选择妥协，接受了做范柳原情妇的安排。范柳原出钱把流苏在香港安顿好，便准备到英国伦敦去忙生意上的事情。就在这个时候，日本人打到了香港。海上的航线被封锁，没有走成的柳原不得不又回到白流苏的身边。

2009年汶川地震一周年之际，我曾在一篇文章里生造了一个词，叫"时间上的临界点"：

> 我相信，会有这样一些时刻，我们每个人都会成为哲学家。比如，当我们弥留之际，死亡已经不是什么遥远的话题，似乎伸手就可以触摸死神簌簌作响的裙摆的时候；

---

[1] 这里直接移用了拙文《名家的"笔误"》中的分析，该文原刊《齐鲁晚报》2019年8月20日。见本章"附录一"。

比如，当诸如地震这样无法预知的灾难突然降临，生命一下子变得如此脆弱的时候……就像冥冥之中有一种力量猛击我们的灵魂一下，琐碎的人生的所有浮华与喧闹似乎一下子安静下来，开始倾听来自另一个世界的声音。[1]

我把这样的一些时刻称为"时间上的临界点"。如同死亡、天灾，人类的战争也是这种意义上的"时间上的临界点"。作为时间的边界，战争意味着安稳的日常生活的尽头。在战争的环境下，人的生存为巨大的不确定性所笼罩，谁也说不准下一刻将会发生什么。生命一下子脆弱如风中的芦苇，甚或如大火中飘飞的纸屑。曾经构成我们日常生活主要内容的算计和贪欲、奔谒和荣宠、忧患和得失，在巨大的不确定（"无常"）面前通通成了空幻的喧哗，或是面目可憎的窃窃私语。

值得一提的是，日本人打到香港的时候，张爱玲正在香港大学读书，经历了香港沦陷的全过程。张爱玲后来在回忆香港战事的散文《烬余录》中写道，"在那不可解的喧嚣中偶然也有清澄的，使人心酸眼亮的一刹那，听得出音乐的调子"，虽然这些"一刹那"旋即"又被重重的黑暗拥上来，淹没了那点了解"[2]。香港战事正酣时，许多人受不了无牵无挂的空虚绝望，急于抓住一点实在的东西，没结婚的人都赶着结婚了。报纸上挤满了结婚广告。张爱玲写到一个到防空总部办公室来借

---

[1] 丁辉：《灾难是一面镜子》，《杂文报》2009年5月12日第6版。
[2] 张爱玲：《烬余录》，载《流言》，北京十月文艺出版社，2012，第48页。

汽车去领结婚证书的男子,"平日里也许并不是一个善眉善眼的人",或者就是个范柳原式的玩世不恭的浪荡子也说不定,可是现在到这里来借汽车,一等几个小时,时不时地与新娘子默默对视,眼里满是恋恋不舍之情。"朝不保夕的环境教他学会了怜取眼前人,珍惜到手的东西"。[1]《张爱玲传》的作者余斌猜测"张爱玲正由此得了《倾城之恋》的创作灵感也未可知",应该说是有眼光的。

正是在这样的战争的环境下,范柳原、白流苏两个人的内心都开始发生变化。一个原本自私的男人和一个原本自私的女人,对生命都开始有某种程度的反省,灵魂亦哪怕是短时间地变得澄明与柔软,小说也在快要结束的时候,终于从琐碎、无聊的"高级调情"中突围而出,升华出某种我们可以称之为"意义"和"价值"的东西——香港的"倾城"大祸,意外地收拾了白、柳之间的爱情"残局",范柳原动了跟白流苏结婚的念头。

小说写到这里有一段:

> 流苏拥被坐着,听着那悲凉的风。她确实知道浅水湾附近,灰砖砌的一面墙,一定还屹然站在那里……她仿佛做梦似的,又来到墙根下,迎面来了柳原……在这动荡的世界里,钱财,地产,天长地久的一切,全不可靠了。

---

[1] 余斌:《张爱玲传》,人民文学出版社,2013,第55页。

靠得住的只有她腔子里的这口气，还有睡在她身边的这个人。她突然移到柳原身边，隔着他的棉被拥抱着他。他从被窝里伸出手来握住她的手。他们把彼此看得透明透亮，仅仅是一刹那彻底的谅解，然而这一刹那够他们在一起和谐地活个十年八年。

香港的"倾城"大祸使得白流苏、范柳原在一片片废墟及或远或近的枪炮声中，对人生及生命的真义有了某种程度的觉悟与觉醒。钱财、地产，这些原以为可以天长地久的一切，在巨大的不确定的时代里，全不可靠了。范柳原赖此"觉悟"与"觉醒"，回归平实的生活；白流苏则拥有了本来已经不抱希望的"如意"婚姻，解决了后半生的经济依靠问题。

但也仅止于此了。值得注意的是，张爱玲即使在这样的时候，也不愿意说"长相守"啊，"永不分离"啊这些滥调；而只是说"这一刹那彻底的谅解够他们在一起和谐地活个十年八年"。流苏知道柳原是个"没长性"的人，于是才希冀靠着婚姻可以拴住柳原；现在婚姻有了，可以拴住柳原了吗？可以拴住柳原的人，能拴住他的心么？人的觉悟与觉醒总是偶然的、暂时的，自私、冷漠、玩世、苟且或才是人性的常态。小说到最后，张爱玲没有忘记交代，"柳原现在从来不跟她闹着玩了，他把他的俏皮话省下来说给别的女人听"；然而，流苏应该是知足的，因为这表示"他完全把她当作自家人看待——名正言顺的妻"。生活和人性的真相依然残酷，容不得太多、太高的理想主义，也容不得人太多的希冀与指望。张爱玲对待爱情的态度可说依然是虚无的。这里不妨插说一句，张爱玲让人感佩之处在于，对待爱情的态度虚无，对待婚姻的态度又极认真——先是对胡兰成，后是对赖雅，张爱玲都做到了仁至义尽。尤让人愤愤不平的，胡兰成还是个人渣。

然而傅雷先生站出来表示他的"不满"了。《倾城之恋》甫一发表，傅雷便以"迅雨"的笔名发表《论张爱玲的小说》，于盛赞张的《金锁记》的同时，对《倾城之恋》提出严厉批评，关键的一段是：

> 两人的心理变化，就只这一些。方舟上的一对可怜虫，只有"天长地久的一切全不可靠了"这样淡漠的惆怅。倾城大祸（给予他们的痛苦实在太少，作者不曾尽量利用对比），不过替他们收拾了残局；共患难的果实，"仅仅是一刹那的彻底的谅解"，仅仅是"活个十年八年"的念头。笼统的感慨，不彻底的反省。病态文明培植了他们的轻佻，残酷的毁灭使他们感到虚无，幻灭。同样没有深刻的反应。

我曾在课上给学生区分过优秀作品与伟大作品。优秀作品所抵达的精神高度是普通人皆可抵达的精神高度。所以人在阅读优秀作品的时候，经常会产生"共鸣"的心理体验；伟大作品则不同。伟大作品所抵达的精神高度，是普通人难以抵达，仰视也未必能见的精神高度。所以人在阅读伟大作品的时候，很难产生共鸣，而是产生讶异、震撼等心理体验。

现在可以把傅雷的意见"翻译"成大家都能懂的了：他是在批评《倾城之恋》抵达的精神高度太低了。在傅雷看来，文学就是一种精神探索。这种精神探索，可以是向下掘进，也可以是向上寻求超越与超升。他所以击赏《金锁记》，就在于曹七巧这个人物的"彻底性"。《金锁记》中，张爱玲唯一一次向下掘进，让曹七巧"彻底"地"没入没有光的所在"，达到了人类精神探求上的惊人深度。在傅雷的期望中，《倾城之恋》本可以选择另外一种精神探究的路径，即向上攀升，向上寻求超越与超升。遗憾的是，它太"不彻底"，它只抵达了一个普通人皆可抵达的精神高度，那就是一般人身处战争的环境下，都可能会产生的那点觉悟与觉醒：人世无常，人生无常，珍惜身边，怜取眼前，结婚好好过日子吧，"在这兵荒马乱的时代，个人主义者是无处容身的，可是总有地方容得下一对平凡的夫妻"。

傅雷是一个有英雄情结的人。他翻译罗曼·罗兰的《巨人三传》，他极力推扬在法国其实呼声并不高的罗曼·罗兰的《约翰·克利斯朵夫》，都跟这种"英雄情结"有关系。"鄙俗的物质主义镇压着思想……社会在乖巧卑下的自私自利中窒息以死。人类喘不过气来。——打开窗子吧！让自由的空气重新进来！呼吸一下英雄们的气息。"[1]傅译罗曼·罗兰《贝多

---

[1] 罗曼·罗兰:《贝多芬传》，载《巨人三传》，安徽文艺出版社，1989，第13页。

芬传》中的这段话亦可视作傅雷自己艺术观念的写照。在傅雷的期待中,伟大的文学总能以一种精神的坚挺超拔于人间的苦难之上,成为临照苦难人生的一线光亮,成为对苦难人生的悲悯、抱慰、关怀与救护。怀抱这样的"英雄情结",自然会对《倾城之恋》的"市民"情调深致不满,因为在他看来,那就是怯懦、虚无、轻佻、苟且。傅雷在给罗曼·罗兰《贝多芬传》写的"译者序"里有一段话:"不经过战斗的舍弃是虚伪的,不经劫难磨练的超脱是轻佻的,逃避现实的明哲是卑怯的;中庸,苟且,小智小慧,是我们的致命伤:这是我五十年来与日俱增的信念。而这一切都是由于贝多芬的启示。"[1]傅雷写下这段话是在1935年,那年张爱玲才十五岁,尚未出道,所以这段话当然与《倾城之恋》无关;但若移用过来作为对《倾城之恋》的批评,起码就傅雷的文学观念看来,可称"若合符节"。

但张爱玲会接受傅雷批评的好意么?她的《自己的文章》可说是对文坛大佬傅雷的老实不客气的回应:

> 文学史上素朴地歌咏人生的安稳的作品很少,倒是强调人生的飞扬的作品多,但好的作品,还是在于它是以人生的安稳做底子来描写人生的飞扬的。没有这底子,飞扬只能是浮沫,许多强有力的作品只予人以兴奋,不能予人以启示,就是失败在不知道把握这底子。

---

[1] 傅雷:《贝多芬传·译者序》,载《巨人三传》,安徽文艺出版社,1989,第7页。

......

> 我喜欢参差的对照的写法，因为它是较近事实的。《倾城之恋》里，从腐旧的家庭里走出来的流苏，香港之战的洗礼并不曾将她感化成为革命女性；香港之战影响范柳原，使他转向平实的生活，终于结婚了，但结婚并不使他变为圣人，完全放弃往日的生活习惯与作风。因之柳原与流苏的结局，虽然多少是健康的，仍旧是庸俗；就事论事，他们也只能如此。
>
> 极端病态与极端觉悟的人究竟不多。时代是这么沉重，不容那么容易就大彻大悟。这些年来，人类到底也这么生活了下来，可见疯狂是疯狂，还是有分寸的。所以我的小说里，除了《金锁记》里的曹七巧，全是些不彻底的人物。他们不是英雄，他们可是这时代的广大的负荷者……他们虽然不过是软弱的凡人，不及英雄的有力，但正是这些凡人比英雄更能代表这时代的总量。

张爱玲的这番话说得明白而透彻，对主流文坛"感时忧国"的偏执与偏至可说是一个很有意义的纠偏。我想，傅雷先生看到，也会深感"后生可畏"，从而"三思"自己的冒失的吧。

张爱玲笔下的爱情多为悲剧，而《倾城之恋》却有了一个相对圆满的结局，虽然这"圆满"多赖历史的偶然（香港的"陷落"）。白流苏的故事也是现代中国文学中少有的"出走"而"成功"的例子，虽然这成功难免让女性主义者们大摇其头。"娜拉们"的"出走"的前提和基础是女性自我意识，或者说女性主体性的觉醒，"出走"是为了摆脱依附性，争取自由与独立；而白流苏可说是五四时代潮流的"逆行者"，她的"出走"是为了寻求一个可靠的婚姻，使自身对男性的依附地位变得更牢靠，更稳固。

你说，白流苏是"丰富"了，还是"庸俗"了五四新文学的"出走"传统？这不是可以简单回答的问题。

如果套用许子东的说法，鲁迅凭借他对国民性的揭橥成为现代中国文学的一座山，张爱玲则以对人性的洞烛、接纳与体贴成为现代中国文学的一条河。多少作家都被鲁迅这座大山给遮住了，而张爱玲是一条河。这条河兜兜转转，穿越现代中国文学的重峦叠嶂——哪怕"万山不许一溪奔"，奈何人性有它的坚韧与坚持；哪怕是迭经沉埋，最终"到得前头山脚尽，堂堂溪水出前村"。

附录一

名家的"笔误"

《红楼梦》第七回，喝醉了酒的焦大撒酒疯，贾蓉见他实在不成体统，忍不住呵斥了他两句，焦大便赶着贾蓉叫骂："你爹，你爷爷，也不敢和焦大挺腰子！不是焦大一个人，你们就做官儿享荣华受富贵？你祖宗九死一生挣下这家业，到如今了,不报我的恩,反和我充起主子来了。不和我说别的还可,若再说别的,咱们红刀子进去白刀子出来!"此处"红刀子进去白刀子出来"曾一度被很多人自作聪明地误认为是雪芹笔误,也就是说,曹雪芹一不留神把习语"白刀子进去红刀子出来"误写成"红刀子进去白刀子出来"。在《红楼梦》版本史上素有影响的甲戌本、蒙府本、戚序本、舒序本等诸家抄本皆据此把曹氏底本的"红刀子进去白刀子出来"点改为更为习见的"白刀子进去红刀子出来"。所幸尚有乙卯本和梦稿本同底本原文,否则,讹讹相沿,我们今天读到的就真的只能是"白刀子进去红刀子出来"了。

这当然只是《红楼梦》中一处未必值得细究的地方,没想到这一不起眼的地方在1949年后,竟有人以几乎是"逆天的聪明",从中读出了"微言大义":所谓"红刀子进去白刀子出来"是暗指旧社会的黑暗势力"杀人不见血"。把"红刀子进去白刀子出来"误会成"白刀子进去红刀子出来",即使有违雪芹原意,我想雪芹先生地下也会睁一眼闭一眼,糊涂过去;至于把"红刀子进去白刀子出来"解读成"旧社会杀人不见血",虽有文学的"人民性"做理论支撑,套用时下一句网络流行语:雪芹的棺材板还压得住否?

老家方言里,谓女人的婚外相好叫"拐男人",相应地,男人的婚外相好自然就是"拐女人"。中学教师老陈每碰到同为中学教师的同事老张必说:"呦!这不是我拐女人男人嘛!"老张则回敬一句"你才是我拐女人男人哩"。但有一天，老陈喝醉了酒，在校门口碰到老张，张嘴就说："呦，这不是我女人拐男人嘛！"老陈和老张都是我旧日同事。他们之间跟酒有关的糗事，早入了"校史"掌故门，在当前"故事"日少而"事故"日多的校园里，为后进晚生津津乐道，这只是其中之一而已。

如果有人说，这些"低俗"见闻除了满足"或人"的低级趣味，无他用场，我就不能同意。最起码，有了这样的生活经验，我在读到《红楼梦》第七回"红刀子进去白刀子出来"的时候就不会自作聪明，不会认为雪芹粗心，当然，更不会发生"旧社会杀人不见血"这样可怕的联想。"红刀子进去白刀子出来"与老陈的"这不是我女人拐男人嘛"同一醉人颠倒口吻而已，尚有疑乎？雪芹此书曾经"披阅十载，增删五次"，哪里还有我们自作聪明的余地呢！

天下事无独而有偶，鲁迅先生《狂人日记》中第十则日记总结历史上的吃人传统，有一段："易牙蒸了他儿子，给桀纣吃，还是一直从前的事。谁晓得从盘古开辟天地以后，一直吃到易牙的儿子；从易牙的儿子，一直吃到徐锡麟。"天啊，易牙明明是春秋时期人呀。易牙明明是齐桓公的宠臣，他正是把小儿子蒸了给齐桓公吃（因为桓公那几天胃口不好），怎么在鲁迅笔下就成了"易牙蒸了儿子给桀纣吃"了呢？而况桀与纣虽同为古代暴君典型，但实相距少说也有五百多年，易牙又怎么可以蒸了儿子既给桀吃，又给纣吃呢？所以这一段非唯有乖于史实，亦有悖于逻辑。然而，当我们如此自作聪明的时候，大概忘了《狂人日记》通篇是以"狂人"的口吻写的,此处的史实与逻辑错误,正是精神病人记忆混乱、语言错乱的症候。以鲁公之博通,怎么可能在中国历史这点可怜的"ABC"上出错呢!有研究者甚至从这个细节读出"微言大义",大意是说,鲁迅在这里通过设置这个"错误",不仅照顾到了精神病人思维和语言上的特点,且在象征的层面上,把中国"吃人"的历史又向前推了五百多年,几乎上溯至了中国历史的源头(夏、商)。此解读虽带有悬揣性质,却入情入理,与前文所述"旧社会杀人不见血"不同,即使鲁公落笔时未必有此意,我想他也是非常乐于追认的吧。

天下事无独而有三。《倾城之恋》中,在香港的旅馆里,范柳原半夜三更给白流苏的房间打电话,要给白流苏念诗。范柳原念的是:"死生契阔,与子相悦。执子之手,与子偕老。"而《诗经》的原文是:"死生契阔,与子成说。执子之手,与子偕老。"这自然只能有两种解释,要么是作者张爱玲把《诗经》里面的这四句记错了;要么是张爱玲利用小说家的权力故意安排范柳原把这四句念错了,也就是说范柳原是故意的。我反正是不相信张爱玲会把"与子成说"误记成"与子相悦"。"与子成说"与"与子相悦"虽只两字之差,意思却大相径庭。如果说,"与子成说"(我们互相之间发过誓,要生生死死在一起)表达的是对待爱情的理想主义的态度的话,"与子相悦"表达的只能是对待爱情的现实主义甚至犬儒主义的态度;如果说"与子成说"承诺的是终身之事,"与子相悦"许诺的只是露水姻缘。范柳原像所有的有钱人一样，对待婚姻是谨慎的。因为婚姻不仅须上闻于家族，更意味着财产的分割。这自然不是说他对白流苏就是虚情假意，只能说明理性的他起初是无意以传统的婚姻方式处理他们之间的关系的，所以他能给白流苏的顶多就是一个情人的名分。由此，范柳原"念错"诗的用意昭然若揭：他无非是要以隐晦然而体面的方式提醒白流苏接受做他情人的名分。只是这番良苦用心自非识字不多的白流苏所可意会，活该这场恋爱谈成恋爱马拉松了。

读聪明人写的小说没点聪明怎么成！只是这聪明不可"自作"罢了。

附录二

"那一低头的温柔"，如何寻觅？

我们无疑活在一个羞感体验日益稀薄的时代，以致今天讨论羞感的话题已嫌奢侈。

张爱玲的《倾城之恋》里白流苏第一次到香港跟范柳原见面，白、范之间有一段对话：

柳原笑道："你知道么？你的特长是低头。"流苏抬头笑道："什么？我不懂。"柳原道："有的人善于说话，有的人善于笑，有的人善于管家，你是善于低头的。"流苏道："我什么都不会，我是顶无用的人。"

白流苏在跟范柳原这样的人交往的时候无疑是存着戒心的，于是范柳原的很多无心之言才往往被白流苏理解成语言陷阱。上海人的精刮这时候就派上了用场。什么意思呀？有人善于说话，有人善于管家，我是善于低头的，你不就是说我这个人没有用嘛，于是白流苏才绵里藏针地反击道："我什么都不会，我是顶无用的人。"

范柳原所谓"你是善于低头的"究竟是何意，小说里虽然没有交代，我们作为读者却不妨悬揣。范柳原此言也许非但不是如白流苏理解的是对她的揶揄，相反，表达的正是范柳原对她的欣赏。范是情场高手，阅人无数，为什么偏偏看上了离过一次婚的二十八岁的老姑娘白流苏呢？白流苏让范柳原为之动心的也许正是她身上东方女人的神韵，而东方女性的神韵的一个重要方面便是女性的"羞感"。至于"低头"这一身体姿态和羞感的关系，我们只需看看徐志摩的诗便会明白。他在写给一个日本女郎的诗中写道："恰是那一低头的温柔，似一朵水莲花不胜凉风的娇羞。"

如果说怜香惜玉是中国传统男人的美德，羞感则是中国传统女性的标签。很多描绘传统女性美德的词语都包含了"低头"这样的身体姿态，如举案齐眉、低眉顺眼等等。南朝乐府民歌《西洲曲》中有云："采莲南塘秋，莲花过人头。低头弄莲子，莲子清如水。"按，此处一语双关，"莲"即"怜"，古语"怜"即今言"爱"也，那么"莲子"（怜子）犹西语love you了。此说果真成立，"莲子清如水"即言少女的爱情纯洁如清水，"低头弄莲子"之"低头"也就不再如字面那样是指劳动姿态，而是因爱而"羞"的情感姿态无疑。

德国哲人马克斯·舍勒就人类的羞感写成皇皇巨著。舍勒注意到，动物的许多感觉与人类相同，诸如畏惧、恐怖、厌恶甚至虚荣心，唯独缺乏对于害羞与羞感的特定表达。如此，羞感成为人所以区别于或者说优越于动物的重要标识。舍勒说："神和动物不会害羞，人必须害羞。"如此，人类的羞感是由人在宇宙中的位置决定的，是人之为人的尺度。舍勒的著作艰深难读，但有一点还是清楚的：羞感总是与某种精神价值相伴生，羞感的日渐式微甚至丧失则往往是人类精神沉沦乃至人种退化的表征。

20世纪80年代所以让人怀念，除了思想的风雷激荡之外，属于我个人的一个原因就是那是一个羞感体验尚余微光的时代。那个时候"风气未开"，女同学吃饭那种"不欲人见"的羞涩，让人想到托翁《复活》里的那位公爵夫人，她是从来不当着人的面吃饭的，因为在公爵夫人看来"这个世界上再没有比吃饭更没有诗意的事情了"。如今放眼神州，触目是双腿叉开，如蹲马步，据案大嚼、旁若无人的"女汉子"，不由人不生今夕之感！现在通行的"约会"一词，我们那时基本不用，我们用的是"抠树皮"这个词。那时早恋的同学其实都是我们心中的英雄，有时嘴上刻薄，心里却是酸酸的醋意。某某跟某某约会去了,我们便会奔走相告,"谁谁谁谁又到学校食堂后面的林子里'抠树皮'去了"!至于"抠树皮"和"羞感"及"低头"的关系,只可意会,难以言传。我只能希望看到这篇文章的都是我的同龄人,他们必能心领神会,乐而开笑。古代的人"低头弄莲子",20世纪80年代的少男少女则是"低头抠树皮"!我一直所不解者,男的靠一棵树埋头"抠"之,女的于三五米外另一棵树下低头亦"抠"之,边"抠"边喁喁低语,那时又没有手机,怎么听得见?

20世纪90年代初,中国社会几乎是一夜之间完成了世俗化转型。当时尚在青春期边缘徘徊的我们并没有意识到,历史已然于悄无声息间作别羞涩与羞感,正一步步地迈向芙蓉姐姐的时代。

"那一低头的温柔",还如何寻觅?

十　《雷雨》：文本的缝隙、关捩与意义编码

"三十年前"究竟发生了什么?

《雷雨》中对于周公馆来讲可说是毁灭性的巨大悲剧，种"因"于三十年前的一场婚变。三十年来，这场婚变被作为一个秘密层层包裹。曹禺说，"雷雨就是他心目中的命运"。《雷雨》的出场人物一共八个，这八个人物自始至终都在挣扎，但由于残酷的命运的播弄，每一个人挣扎的结果却无一例外地走向最初意愿的反面。在这个意义上，《雷雨》深刻地体现了古希腊悲剧表现"人与命运之抗争及其徒劳"的悲剧精神。

曹禺本人的意见诚然是不错的，但我觉得也不必太拘泥于作者本人的说法。依据我本人对这个剧本的阅读感受，我觉得也未尝不可以就把"雷雨"作为那个巨大的"秘密"的象征，或者说，那个巨大的"秘密"的具体的"物象化"。剧本一开始，就交代"雷雨要来了"，自始至终，剧中所有人都在"雷雨"阴影的笼罩之下，也就是在那个被讳莫如深的"秘密"的笼罩之下。雷雨要来了，却又一直没有来，就在那个"秘密"被揭开的刹那，雷雨下来了，几个人死了，一个大家庭毁灭了。这个剧本读到最后的时候，我想起了马尔克斯的《百年孤独》。《百年孤独》最后，当第六代奥雷连诺解开吉普赛人梅尔加得斯写在羊皮纸上的寓言的那一刻，一阵飓风刮来，马孔多小镇从这个世界上消失了。看来，借助带有毁灭性与破坏性的自然力来加强"秘密"或"寓言"的谜底被揭开的神秘叙事效果，是中外文学常见的一个艺术表现手段。

说到那个"秘密"的被揭开，不得不提到繁漪。剧中繁漪这个人物在结构上是有她的情节功能的，这个情节功能就是以她"雷雨"一般的性格和"雷雨"一般强烈的报复欲望一步步地推动这个"雷雨"一般的秘密"被揭开"。妙就妙在繁漪其实并不知道有这个秘密存在，所以当这个秘密呈现在她面前，也呈现在所有人面前时，她的反应竟然是后悔，是不知所措——这个秘密的特别严重的"后果"显然远远超出她的心理承受能力。

那么三十年前，周公馆到底发生了什么？对于这个剧本的很多读者来说，这几乎就不是个问题。这还用问？！三十年前，因为周朴园要娶一个"门当户对的小姐"，鲁侍萍被周公馆扫地出门。看似显而易见的"事实"却禁不起细细推敲。按照当时的婚姻制度，周朴园要娶一个门当户对的小姐也并不一定要以把鲁侍萍赶走为前提，因为有钱人家三妻四妾多的是，只要鲁侍萍能接受做"小"（姨太太），与这件事情完全可以相安。于是答案只能是，鲁侍萍宁可就此离开周公馆，也不能接受做周朴园姨太太的安排。一个使唤丫头，做姨太太已经可说是从糠箩跳进米箩里，从此一步登天，一辈子衣食无忧，现在竟然梦想做"正室太太"，岂不是太"痴妄"，当然的为周公馆所不能容忍。然而，鲁侍萍的痴妄固然没有"资格"，却也是有底气的。这个底气就是：一、周朴园对她的爱；二、她在周公馆为周朴园生下的两个孩子，也就是周萍和鲁大海。这二者又互为相关，而以前者为更重要。

关于周朴园和鲁侍萍当年美好爱情的证据，研究已经足够多了；但我觉得周朴园和鲁侍萍之间是"真心相爱"的最直接，也是最显而易见的"证据"却被很多研究者忽略了。这证据就是周萍和鲁大海。周萍和鲁大海是鲁侍萍在周公馆为周朴园生下的两个孩子。若是婚内所生，还有其他诸般可能；以不被家族承认的婚外"情人"关系生下的孩子，而且是两个，那就只有一种可能——这两个孩子就是周朴园跟鲁侍萍之间美好爱情的结晶，也是他们之间美好爱情的见证。试想一下，如若真如主流意识形态批评家、理论家所理解的那样，三十年前发生的是一个资本家少爷引诱、玩弄无产阶级少女，始乱终弃的故事，资本家少爷怎么可能会放任自己"玩弄"出孩子，而且不是一个，是两个孩子呢？很显然，周朴园跟鲁侍萍之间是真心相爱，他们之间肯定有过"不相弃"的承诺，有过"长相守"的打算。

蓝棣之先生发明了对文学文本进行"症候式分析"的方法。"症候式分析"瞄准文学文本的含混、矛盾、罅隙，从这些含混、矛盾、罅隙处索解文学文本的意义密码。循这种"症候式分析"的途径，我们或又可以找到周朴园、鲁侍萍之间美好爱情的较为间接，却也更意味深厚的另外两个证据。

其一，多年后，周朴园和鲁侍萍在现在的周公馆里意外重逢。他们在一起回忆当年那场不堪回首的婚变的时候，说的都是"三十年前"。这个"三十年前"即可视作是文本的"含混"处，剧中周朴园、鲁侍萍在"回忆时间"里心甘情愿地"含混"，作为剧作家的曹禺也未尝不是无意识地在"含混"地处理自己笔下的"故事时间"。因为根据周萍和鲁大海的年龄很容易推算出，导致后来巨大悲剧的秘密或罪恶发生在二十七年前。还是根据周萍和鲁大海的年龄，三十年前正是周朴园、鲁侍萍真心爱恋的日子。[1]二十七年之后意外重逢，他们嘴上说的是"二十七年前"的罪恶与秘密，心里头想的却是"三十年前"的轻柔与快乐，那毕竟是他们两人一生中最美好

---

[1] 陈思和：《中国现当代文学名篇十五讲》，北京大学出版社，2003，第180页。

的时光啊。嘴上所"说"与心中所"想"不同，造成时间序列上的错位，此中有真意，竟连剧作家曹禺本人也浑然不觉。

其二，二十七年前——我们现在可以说是"二十七年前"了——因为周朴园要娶一个"门当户对的小姐"，鲁侍萍才被迫离开周公馆的，那么，这个"门当户对的小姐"哪去了？肯定不可能是繁漪。第一幕中鲁贵有一句台词（对四凤），"你忘了，大少爷比太太只小六七岁"，而"大少爷"周萍出场时是二十八岁，那么繁漪应该是三十四五岁，如此，则二十七年前，繁漪才七八岁，不可能是周朴园要娶的那个"门当户对的小姐"。匪夷所思的是，那么重要的一个人物，曹禺在剧中竟然没有作哪怕是片言只字的交代，而甘愿让她"蒸发"。这个情节上的显然的漏洞，就是蓝棣之先生所谓文本的"罅隙"。

文本的"罅隙"往往不能视作纯技术意义上的"漏洞"，而是隐藏着文本的意义编码。写到这儿，我不禁想起钱锺书《围城》里也是有一个这样的"罅隙"的。唐晓芙在跟方鸿渐恋爱分手之后，就从《围城》里消失了，或者说"蒸发"了。杨绛曾如此谈到钱锺书对自己笔下的这个"真正的女孩子"的钟爱："唐晓芙显然是作者偏爱的人物，不愿意把她嫁给方鸿渐。"[1] 而从《围城》的这个显在的"罅隙"里我们可以窥见更深一层的意蕴：钱锺书太钟爱唐晓芙这个人物了，"好女只应天上有"，所以不忍心为她安排任何一种可能的世间的结

---

[1] 杨绛：《记钱锺书与〈围城〉》，《将饮茶》，生活·读书·新知三联书店，2015，第112页。

局，一切可能的世间所谓"归宿"都配不上这个"真正的女孩子"，从而宁愿让她"消失"，让她从《围城》的后半部中"蒸发"掉。

从《雷雨》的这个情节设置上的"漏洞"或"罅隙"里，我们同样可以窥见一个"缺席"女人的悲惨的婚后生活。结婚后，周朴园喜欢她吗？我们从繁漪的遭遇可以合理地揣想她的命运。周朴园的心里只有鲁侍萍，"曾经沧海难为水"，周朴园与之拥有合法夫妻关系的所有女人都要成为这段美好爱情的殉葬品。从剧中周冲的年龄可以推算出，这个女人嫁给周朴园不到十年就死掉了，终年抑郁寡欢是最可能的死因。

周朴园的"原罪"与"救赎"

由于后来主流意识形态，也即阶级分析、阶级斗争那一套观点和方法占据了《雷雨》解读的主流地位，所以周朴园作为资本家、剥削者、封建宗法专制的体现者这样的阶级身份就被无限放大；而周朴园作为"情人"、作为"丈夫"、作为"父亲"、作为"儿子"，当戏剧落幕的时候，他还是一个孤独无依、步履蹒跚的"老人"等等其他"身份"，则要么被长期遮蔽，要么被有意无意地淡化。

说周朴园是资本家、剥削者当然不是完全没有道理，毕竟剧本中有鲁大海领导工人罢工这一条线索。但从戏剧人物的结构功能这个角度讲，鲁大海实在是一个无足轻重的人物。没有鲁大海，顶多"导致"二十七年前鲁侍萍离开周公馆时是一个人，整体的故事框架依然成立；没有鲁大海，也基本不影响剧本的主题。相反，鲁大海一句未经证实的指责（对周朴园），"你的来历我都知道，你从前在哈尔滨包修江桥，故意叫江堤出险，淹死了二千二百个小工，每一个小工的性命你扣三百块钱！姓周的，你发的是绝子绝孙的昧心财"，显然降低了戏剧给人的震撼效果。当一个好人，最起码也是无严重过错的人，由于残酷的命运的安排，遭受"妻疯子死"的毁灭性的灾难，才能让观众在观剧的时候，在哀矜与怜悯中心灵受到震撼，灵魂得到净化；现在观众面对的是一个犯下如此不可饶恕的罪恶的人，他的"绝子绝孙"岂不让人产生"恶有恶报"的快意？！从这一点上讲，剧中鲁大海这一条线无意中还迎合了一部分人恶劣的观剧趣味。

那么，既然鲁大海这一条线无足轻重，剧作家曹禺为什么又要写？曹禺写作《雷雨》的20世纪30年代，是被称为"红色的三十年代"的，那是一个世界范围内同情无产阶级革命的年代。由此，"左倾"是那个年代的时髦，它几乎就是"进步""公平"与"正义"的别名。表现阶级斗争固然不是曹禺创作《雷雨》的初衷，但由于时代精神的濡染，曹禺却难免在创作的时候对那个年代的"左倾"时髦有所"趋奉"，这一点在曹禺《雷雨》之后另一部剧作《日出》中体现得更为明显。这种"趋奉"当然只能是勉强而草率的，因为鲁大海显然是剧中塑造得最粗糙的人物,没有"之一"。香港的批评家司马长风是土生土长的哈尔滨人,剧中鲁大海所说的那段江堤,司马长风很熟悉,根据他的记忆,那段江堤根本不可能故意被"出险",就算"出险",那样的地理位置也无法同时淹死两千多个小工。

不该被重视的人物,后来受到空前重视;不该被强调的情节,后来被空前强调,自是曹禺所难逆料,也是《雷雨》接受史和解读史上让人啼笑皆非的事情。

从主流意识形态的角度,视《雷雨》为社会阶级斗争的缩影,还无法面对和解释一个更重要的问题,就是曹禺对周朴园结局的独特安排。

虚构性叙事文本(包括小说、戏剧)往往会在情节流动的过程中,存在一些情节的扭结处,或者说关键处。我把这些情节的关键处,称为"关捩",而这些"关捩"往往会成为理解整部作品的主题与意蕴的关键,也即是说,"关捩"中往往隐藏着作品的意义编码。

即以曹禺的另一部经典剧作《原野》为例。焦阎王利用仇虎的父亲仇荣好赌,害死了仇荣,霸占了仇家的田产,并且把仇虎投入大牢。八年之后,仇虎从牢里越狱。剧本的故事就是从仇虎越狱开始的。仇虎从牢里逃出来,就是要找焦阎王报仇。谁知等仇虎找到焦家,却发现焦阎王已经死了。

《原野》的"关捩"就在这里:曹禺为什么要利用自己

剧作家的权力,"残忍"地安排焦阎王在仇虎来找他复仇时先行死去,从而让仇虎失去复仇的对象?这是理解《原野》的关键。

失去了复仇对象的仇虎被逼入绝境,这时的他有两种选择:一是理性的,那就是"冤有头,债有主",放弃复仇;还有一个选择,那就是非理性的"父债子偿"。焦阎王虽然死了,但他的儿子焦大星、孙子小黑子还在。很遗憾,仇虎选择了非理性的继续复仇的道路,最终在无辜的焦大星和小黑子身上完成了复仇——他毁灭了别人,也毁灭了自己。

至此,曹禺所以要安排焦阎王先行死去,让仇虎失去复仇对象的苦心暴露无遗——就是要把仇虎逼入绝境,从而探索人的非理性世界。所以,《原野》不是表现农民对地主阶级反抗的作品,也不是歌颂农民反抗精神的作品,《原野》仿佛"把我们带入一个古老而遥远的陌生世界里,去窥视一群因丧失了理智而变得疯狂的人们在仇恨的漩涡里拼命争斗厮杀着,毁灭别人的同时也在毁灭自己,从而深切体验和感悟到了生命现象在紊乱失衡状态下所产生的命运悲剧……它使我们看到了人类灵魂的隐秘和创伤"[1]。

那么,《雷雨》的"关捩"在哪里呢?无疑就在曹禺对周朴园结局的安排。

剧中最后随着二十七年前的秘密被揭开,周萍自杀了,四

---

[1] 宋剑华:《基督精神与曹禺戏剧》,湖南师范大学出版社,2000,第234页。

凤在羞愧之中触电而死，连最无辜的周冲也死了，侍萍和繁漪则疯掉了，好好地活下来的只有周朴园！

曹禺为什么要利用自己剧作家的权力安排最起码表面上看起来最"该死"的周朴园最后好好地活了下来？这个问题也正是理解《雷雨》的关键，也是打开除了为曹禺本人一再表白过的"命运悲剧"主题之外，《雷雨》主题的另一个层面，也是更具终极意义的层面的锁钥。

在《圣经·创世纪》里，人类诞生于人类始祖亚当和夏娃犯下的背弃上帝之罪。亚当和夏娃违背了跟上帝之间的约定，偷吃了伊甸园里的"禁果"，从而被上帝赶出伊甸园。这就是《圣经》里记述的我们人类的诞生。所谓"人生而有罪"，即是指人一出生，就秉承了人类始祖犯下的背弃上帝之罪。这个罪是人类始祖犯下的，但我们每一个人又必须在这个罪之中，"担荷"这个"罪"，为这个"罪"承担责任，这就叫"原罪"。可以说，正是"原罪"观念催生了西方人强烈的忏悔意识。托尔斯泰晚年最感到痛苦的是他作为贵族，拥有那么巨大的财富。然这巨大的财富即使由"剥削"而得，有"不义"的成分，这个"罪"也是托尔斯泰的祖先犯下的。但托尔斯泰坚信自己"有罪"，他必须要为祖先犯下的"罪"承担责任，这就是"原罪"。托尔斯泰的晚年是在痛苦的"忏悔"中度过的，最后以八十二岁高龄离家出走，孤独地死在一个小火车站上。

西方人认为，"忏悔"和"救赎"就是上帝为人类安排的一条灵魂获得飞升的路径，也是一条人类重归伊甸园的路径，也是人的精神还乡之途。这就形成了西方文学的一个最为基本，也最为常见的叙事模式，或者说"叙事原型"，那就是从"堕落"与"原罪"走向"忏悔"与"救赎"。陀思妥耶夫斯基《罪与罚》是较为典型的一个例子。主人公拉斯科尼柯夫是一个以"超人"自期的尼采思想的信奉者。他坚信"超人"是整个世界历史的未来希望之所系，而恶人、庸人不过是用来培育"超人"的肥料而已。他用斧子砍死了一个放高利贷的老太婆，自以为是替天行道。杀了人之后的拉斯克科尼柯夫陷入了严重的精神分裂之中。最后在妓女索尼娅的感化和感召下，拉斯科尼柯夫意识到自己的罪，走向忏悔与救赎的灵魂新生之路。可以归入这个叙事原型的作品还有很多，像雨果的《悲惨世界》、托尔斯泰的《复活》、霍桑的《红字》等等。

曹禺所以要让最"该死"的周朴园好好活下来，就是要让这个人物来承载"原罪"与"救赎"的主题。《雷雨》的"序幕"与"尾声"里交代了这个故事的结局：多年以后，已是风烛残年的老人周朴园来到了当年的周公馆，现在的教会医院，看望已经疯掉的侍萍和繁漪。剧本虽然没有涉及周朴园的晚年生活，但我们可以想象，那是一个多么痛苦的"忏悔"以求"救赎"的漫漫长路。最后，周朴园坐在炉火旁边的一只圈椅上，听修女念诵《圣经》，在远处教堂传来的合唱弥撒曲的音乐声中，走向灵魂的还乡之途。

曹禺也许不是最早的表现"原罪"与"救赎"主题的现代

中国作家，却无疑是最成功、最出色的一位，这也是《雷雨》所以堪称伟大的原因之一端。

有人可能会问：你不是说，在二十七年前的那场婚变当中，周朴园也是受害者吗？他顶多就是软弱与懦弱，为什么要忏悔？确实，在二十七年前的那场婚变中，周朴园也是受害者。那"罪"是他的父辈犯下的。但周朴园必须"担荷"这个罪，为这个"罪"承担责任，所以才是"原罪"啊。

顺便说一下，笔者的硕士导师宋剑华教授是国内最早从基督精神的角度系统研究曹禺戏剧的学者，也是这方面的权威。宋先生20世纪90年代准备着手研究"基督精神与曹禺戏剧"的时候，经由曹禺的女儿、作家万方的引介，在北京医院见到了病中的曹禺先生。"基督精神"这个研究和解读的角度是得到了曹禺先生本人的认同和首肯的。

十一 《哦，香雪》：一只铅笔盒的重量

铁凝的《哦，香雪》发表于四十二年前，那时铁凝二十五岁，正"小荷才露尖尖角"；我初读到《哦，香雪》则是三十六年前，还是一个做着"文学梦"的高中生。

如今，以过五之年，重读铁凝的这篇"少作"，难免有一种"非人磨墨墨磨人"的"别有一番滋味在心头"。

如果给《哦，香雪》这篇小说另起一个名字，那么，叫什么好呢？我看莫如就叫"一只铅笔盒的重量"。可以自动关闭的铅笔盒是这篇小说的核心"物象"。在台儿沟一起去看火车的一群乡村少女中，香雪是唯一的在公社中学上学的初中生。当其他女孩子利用那宝贵的停车一分钟，用本地土产跟乘客交

换挂面、火柴，有时"还会冒着回家挨骂的风险，换回发卡、香皂以及花色繁多的纱巾和能松能紧的尼龙袜"的时候，初中生香雪却梦寐以求着那种能自动关闭，而且关闭时会发出美妙的"哒哒"声的自动铅笔盒。

"台儿沟没有学校，香雪每天上学要到十五公里以外的公社"，相对于台儿沟这么个"一天只吃两顿饭"小地方、穷地方，"公社"所在地就算是大地方、富地方了。她的那些女同学们故意一遍又一遍地问她："你们那儿一天吃几顿饭？"还有："你上学怎么不带铅笔盒呀？"这时香雪就会指指桌角说："那不是吗。"

确实，香雪不是没有自己的铅笔盒——就放在桌角。那是一个小木盒，是香雪"做木匠的父亲为她考上中学特意制作的，它在台儿沟还是独一无二的呢"；但是跟同桌的那只可以自动关闭，而且关闭时会发出好听的"哒哒"声的泡沫塑料铅笔盒相比，自己的小木盒就显出土气和丑陋、笨拙和陈旧。小说写道："它在一阵哒哒声中有几分羞涩地畏缩在桌角上。"

接下来才有香雪用四十个鸡蛋从火车上的一个女大学生手里换回一个跟同桌一样的，甚至比同桌的更漂亮的自动铅笔盒，因而有来不及下车，被火车带往了下一站，自己夜行三十里回家的情节。

意大利作家卡尔维诺在他的《未来千年文学备忘录》中，关于小说中"物象"的作用，有一段非常精彩的分析："一个物件出现在叙述中，就立即充满某种特殊力量。恍如一个磁场的，及恍如那个不可见的关系组成的网络中的一个结。一个物件的象征意义，也许很明显，也许不那么明显，但是在那里。我们甚至可以说在一部叙述作品中，任何物件都总是神奇的。"

我在课上讲到这里，不禁想到两个物件，一是"点心"，一是"雨伞"。

"点心"即"小玛德莱娜点心"，它可说是20世纪文学史上最有名的点心，因为它是普鲁斯特的巨著《追忆似水年华》的核心物象。《追忆似水年华》小说名的法文原意就是"寻找失去的时间"，而"失去的时间"或者说关于过去时间的记忆总是附着在具体的物件上面。不管什么物件，都当然是暂时的，极易消失的，但就像小说中写的那样："气味和滋味却会在形销之后长期存在，即使人亡物毁，久远的往事了无踪迹，唯独气味和滋味虽说更脆弱却更有生命力；虽说更虚幻却更经久不散，更忠贞不矢……它们以几乎无从辨认的蛛丝马迹，坚强不屈地支撑起整座回忆的巨厦。"

从某种意义上说，人类历史上篇幅最长的长篇小说《追忆似水年华》，就是一座关于个体生命记忆的"回忆的巨厦"；而这回忆的巨厦，就靠不起眼的"小玛德莱娜点心"支撑着。

"雨伞"则出自当代作家冯骥才的中篇小说《高女人和她的矮丈夫》。有一对夫妇都是高级知识分子，妻子很高，丈夫很矮。在那个有知识就等于有罪的年代里，夫妻俩双双被打成所谓"资产阶级反动学术权威"，备受摧残。夫妻俩在苦寒的岁月里相濡以沫，其中甘苦，可想而知。也许是他们都曾留学西方，感染了英美绅士风度的缘故吧，每逢下雨天，夫妻俩一起出门，都是丈夫打伞——由于妻子很高，丈夫于是必须把伞举得高高的！后来妻子死了，这在那个年代当然是再正常不过的事情，丈夫活了下来。然而，人们发现，每逢雨天，丈夫一个人出门，可他还是把伞举得高高的。

冯骥才以一把雨伞浓缩了一个时代，或者说用一把雨伞撬动了一段沉重而苦难的历史。所以一个小说里的"物象"处理得好不好、成不成功，端要看这个"物象"能承载多大重量；或者把"物象"比喻成一根杠杆，看它能撬动多大的重量。

铁凝用一只铅笔盒"四两拨千斤"地撬动了如下主题：改革开放的时代之风吹拂下乡村世界的觉醒与躁动；农民，尤其是青年农民从封闭的乡村挣扎而出，到广阔的天地中翱翔，从而获得新生的憧憬与梦想，等等。

然而，"铅笔盒"还有没有其他的，甚至为作者本人也未曾觉察，却又于不经意流露的其他意味？美丽的、可以自动关闭的"铅笔盒"曾一直被作为"知识"与"文明"的象征，香雪对自动铅笔盒的向往也就顺理成章地成为对知识与文明的向往与追求，从而与只知道追求红纱巾与尼龙袜的凤娇们拉开了精神上的档次。其实，这种"方便"的解读是说不过去的。从纯技术这个角度讲，漂亮的、可以自动关闭且可以发出美妙的哒哒声的铅笔盒并不比粗笨、陈旧的木盒子更能增进知识的习得；从人伦亲情的角度讲，"当木匠的父亲专为她考上中学特意制作的"小木盒,固然粗笨,但因为凝结了父辈的爱与期盼,岂不更有理由成为香雪学习知识的动力?!

其实,对美丽的铅笔盒的追求里有香雪对美好生活的向往,也有,甚至更主要的是有香雪作为一个乡村少女的自卑与虚荣。不管作家出于"诗化"的需要,对自卑与虚荣这些负性情绪作了多少"化去无痕"的努力,然而,它毕竟还在那里,牵惹着那些敏感的读者的思绪。进一步,一只自动铅笔盒能疗愈"自卑"的心灵创伤吗?如果同学们得知这只铅笔盒是"用四十个鸡蛋换来的",且香雪为此付出了"走三十里夜路"的"可笑"代价,她岂不更会成为同学讥嘲的对象?香雪由于自卑而躁动的内心还能重归宁静吗?

铁凝本人在关于《哦,香雪》的"创作谈"里有这样的一段话:"希望读者从这个平凡的故事里,不仅看到古老山村姑娘质朴、纯真的美好心灵,还能看到她们对新生活真挚的向往和追求,以及为了这种追求,不顾一切所付出的代价。"[1]不管作家自己是否愿意承认,这里的"代价"是包含了自卑与虚荣对质朴、纯真的美好心灵的斫伤的。在小说快要结束的时候,由于害怕回家被母亲责怪,从来不撒谎的香雪"已经想好骗娘的主意"了。因为自卑与虚荣,美好心灵的质朴与纯真已然不那么纯粹,让人不禁生出悼惋的心情;甚至,考虑到自卑与虚荣这种负性情绪对人性、人心的吞噬力与扭曲力,加之从

---

[1] 铁凝:《我愿意发现她们》,《青年文学》1982年第5期。

小说中我们并看不出香雪对"知识"的习得有多突出的兴趣与能力，种种皆让我们对香雪前面的途程不敢乐观。

我发现有人提出了一个有意思的问题：如果香雪用四十个鸡蛋换回的不是自动铅笔盒，而是其他东西，比如，一条裙子，好不好？老师预设的答案当然是不好，而我却不这么看。把小说的核心物象"铅笔盒"换成"一条裙子"，在我看来不仅没有什么不好，相反：一、"铅笔盒"自是比"一条裙子"在政治上和道德上更正确，但是，就算"铅笔盒"具有知识与文化的寓意，"一条裙子"所代表的美的觉醒也比知识的觉醒更少功利，更纯粹；二、小说里隐含的矛盾将因之更尖锐。《哦，香雪》通体和谐，然而又有不和谐，虽然这些不和谐，都被作者漫不经心地一笔带过，比如，凤娇们用本地土产换回女孩子喜欢的发卡、纱巾、尼龙袜是要"冒回家被责骂的风险"的；香雪用四十个鸡蛋换了个铅笔盒，也是要赌上自己"从来不骗人"的人格，谎称那是一个"宝盒子"，才可能逃过母亲的责罚的。如果不是铅笔盒，而是一条裙子，矛盾无疑将更尖锐。因为铅笔盒虽说奢侈，到底还是文具；而一条裙子则除了"招摇"和"显摆"，别无它用。矛盾越尖锐，作家也就越方便以一个"物象"去"撬动"更为沉重，也更为沉痛的东西。我们只好说，铁凝写《哦，香雪》时对生活只掘进到"一只铅笔盒"的层次；更深的掘进，达到"一条裙子"的层次，要等到她一年后写《没有纽扣的红衬衫》的时候。而那时，铁凝已经从她的"香雪"时代蜕变而出，破茧欲飞了。

诗化小说并非一种小说体裁，而只是对某一类小说的风格的描述。检点百年文学，我觉得中国现代诗化小说有两个传统。一个传统是由废名（冯文炳）于20世纪20年代奠基，无以名之，姑且就称作"废名传统"。这一传统在30年代由沈从文接力；到了八九十年代，汪曾祺总其大成。另一个传统是由孙犁于20世纪40年代在解放区，以小说《荷花淀》奠定其第一块基石，亦无以名之，姑且就称作"孙犁传统"。这一传统后来和"革命的现实主义与革命的浪漫主义相结合"的创作方法互为注释，在五六十年代的社会主义文学中蔚为大观。"废名传统"与"孙犁传统"之间最重要的区分就是面对现实生活中矛盾和不和谐的态度与方法不同。前者并不回避现实生活中事实上存在的矛盾和不和谐，而"能在苦难与困境中微笑"；[1]后者则有意无意把生活中的矛盾与不和谐化于无形。

铁凝的《哦，香雪》某种意义上可说是诗化小说"孙犁传统"的最后的绝唱，无怪乎老作家孙犁要对它极力推扬了。

作家有两类，一类作家告诉我们人生有多么的美好，一类作家告诉我们人生有多么的残酷。写《哦，香雪》时的铁凝当然是第一类作家（铁凝成为第二类作家已经是她写《麦秸垛》《玫瑰门》《大浴女》以后的事了）。孙犁正是在这个意义上称赞《哦，香雪》"从头到尾都是诗"。老作家的称赞当时就为铁凝赢得"荷花淀派新秀"的美名，也使得《哦，香雪》

---

[1] 张新颖：《沈从文精读》，复旦大学出版社，2016，第115页。

成为当代文学"诗化小说"的经典。这里我提出必须注意的两点：一、诗化小说因为要营造和谐，需要淡化情节，被"淡化"掉的往往就是生活中真实存在的"不和谐"，这当然会削弱小说表现生活的力度；二、由于作家整体上对生活的忠实态度，那些"不和谐"，虽经淡化，却又欲去还来，闪烁其间，从而形成文本上的"裂缝"，让我们得以通过这些"裂缝"，对人生和人性的本相作惊鸿一瞥。

附录

"习惯"的故事

恢复高考四十多年了，高考作文命题也越来越习惯于玩"花活"。给材料作文、看图作文、话题作文……花样繁多，不一而足。然在我看来，还是看起来最简单的命题作文最得考场作文之要义。命题作文，似乎容易贻人以"无技术含量"之讥，然而，出题人若是深恐被人指为"没水平"，从而在出题上玩起了"水平"，可供考生笔墨驰骋的天地就要小了；出题人每动一个心眼，不知就会有多少考生的思路受到本不该有的限定。从这个意义上讲，高考作文命题似乎也该返璞归真。

表面上看，命题作文"光秃秃"的，没有附带任何所谓材料。要之，材料作文在给定材料的同时，也有意无意地给定了思路与框架；而命题作文，只要所"命"之"题"恰当，却有利于考生激活、调动、组织头脑中积存的材料。由此，命题作文不仅是对考生文字水平的考查，也事实上成为对考生知识储备及关怀视野的有效衡量。

基于以上理由，我最欣赏的作文命题是1988年高考语文卷的作文命题，这一年正是简单得不能再简单的"命题作文"：以《习惯》为题，写篇文章，除诗歌外，文体不限。若是放在今天的网络时代，这样的简单到只有不足一行字的命题作文，该遭网友吐槽为"偷懒"也说不定。事实情况却是，这样的命题，给了考生足够广阔的自由发挥的空间，各个层级的考生都有话说，且几乎不存在所谓"走题"的可能。写作上再是平庸的学生也起码可以"好习惯、坏习惯，摒弃坏习惯，发扬好习惯"来立论；思想比较敏捷的考生则可以联系改革时代的时代精神，视习惯为惰性，为改革的阻力。比如，有的考生以新鞋子与旧鞋子作喻，透视改革时代的社会心理，揭橥痼疾，抒写怀抱。1988年的高考作文围绕这一主题佳作迭出。同学少年，指点江山，成为思想风云激荡的80年代的标志性事件。

尤值得一提的是，这样简单的命题作文亦给20世纪80年代为数不在少的文学少年预留了，或者说敞开了无穷的艺术创造的可能性。"习惯"，初一看，我相信大多数考生会选择议论性的文体来写，而只有艺术感觉较为敏锐的考生会想到可以写成记叙性的散文或短小说——写一个跟"习惯"有关或者说可以命名成"习惯"的故事不就行了嘛。有一个流传较广的笑话，讲的是有一个人跟人学剃头，他先前一直是在冬瓜上学，每次学完，他都把剃刀朝冬瓜上一插，久而久之，竟成习惯。后来，他学成了，第一次给人剃头……我相信会有相当多的考生想到这个笑话，但若是照葫芦画瓢写一个这样的故事，则充其量就是今天"段子"的水平；可贵的是，很多考生在诸如此类关于习惯的故事的启发下创作的短小说却能包含更多人生的、社会的内容。比如有一篇那一年的满分作文，写的是一个老校长的故事。老校长退休的第二天，他还是习惯性地早早起了床，匆匆忙忙吃过早饭，就骑着自行车朝学校赶。到了校门口，他才意识到自己已经退休了，以后再也不必每天到这里来了。这时，他看着校园里熟悉的一草一木，听着教室里传来的琅琅书声，产生了对这座校园，对绵绵的过往岁月无限留恋的感情（限于篇幅，这里只能略述其大意）。

这当然不是我读过的关于习惯的故事里最好的（这篇作文稍嫌矫情，虽是满分，文笔也嫌稚嫩），我读过的最好的关于习惯的故事是著名作家冯骥才的《高女人和她的矮丈夫》，这是一个完全可以以"习惯"名之的故事。有一对夫妇都是高级知识分子，妻子很高，丈夫很矮。在那个有知识就等于有罪的年代里，夫妻俩双双被打成所谓"资产阶级反动学术权威"，备受摧残。夫妻俩在苦寒的岁月里相濡以沫，其中甘苦可想而知。每逢下雨天，夫妻俩一起出门，都是丈夫打伞。由于妻子个儿高，丈夫便把伞举得高高的。后来妻子死了——这在那个年代当然是再正常不过的事情——丈夫活了下来。然而，人们发现，每逢雨天，丈夫一个人出门，他还是把伞举得高高的

（限于篇幅，这里同样只能略述小说大意）。

　　一个关于习惯的故事，却将一个时代浓缩其中，我们也可以说它撬动了一段沉重的历史！冯骥才的小说当然不是高考作文，我在这里提及这个故事，是想说明，再简单再不起眼的题目，理论上也可以催生杰作。题目只是提供一个基点，谨慎出题是必要的，但实在不必玩太多的花活，要真正予考生以自由——这里就是壮阔的大海，你游泳吧，只要你有矫健的身手；这里就是高远的天空，你飞翔吧，只要你有强劲的羽翮。

十二　《丰乳肥臀》：细读局部与细读整体

小说如何"介入"现实

　　曾有人貌似深刻地总结，中国人有两种情结，一是中国足球的世界杯情结，一是中国文学的诺贝尔奖情结。泱泱大国，找不到十一个能踢好足球的，小小的世界杯入场券成为万千球迷遥不可及的仲夏夜梦；泱泱大国，直至2011年，不要说诺贝尔自然科学奖，连含金量最低的诺贝尔文学奖我们亦无缘。远的不说，"蕞尔小国"的东邻日本，除诺贝尔自然科学奖拿到手软，文学奖也已有了川端康成、大江健三郎。要知道，我们的民族感情本就极其脆弱，从而也极容易受挫、受伤。

2012年，终于有了一位中国作家得了国人期待已久的诺贝尔文学奖，怎么也不能说这不是一件好事吧。但让人奇怪的是，从2012年10月的那天晚上，莫言得奖的消息自瑞典的斯德哥尔摩传回国内起，接下来有差不多一两个月的时间，互联网上对莫言得奖冷嘲热讽之声不断；尤其是那些文化层次相对较高的网民，对莫言得奖显然并不买账。也就是说，莫言得奖竟然在国内互联网上激起巨大的反弹。

国内的舆论场波诡云谲，全面探究此一舆情背后的原因和背景并不容易，除了莫言得奖勾起了一部分人对2000年高行健得奖的不愉快的回忆之外，尚有另一个原因大约可以表述为：公众对莫言的期待和莫言的自我定位之间出现了严重的错位。

知识分子有两种，一种是专业知识分子，一种是公共知识分子。专业知识分子的发言只局限在自己的专业领域，对自己专业领域之外的事情毫不关心。专业知识分子或可称为知识分子中的"学院派"。公共知识分子自然也有自己的学科、专业，但他们的发言却经常溢出自己的学科、专业。也就是说，公共知识分子除操心自己的专业之外，还经常性地就一些与自己专业领域无关的公共问题、公共议题发表意见，从而引导公共舆论。换言之，公共知识分子除了像专业知识分子一样具有学术背景和专业素养之外，还热心于对社会进言并参与公共事务。相对于专业知识分子，公共知识分子是那些具有批判精神和道义担当的知识者，或曰理想者。若循萨义德在《知识分子论》中对知识分子的界定，公共知识分子或才是真正意义上的知识分子。

获诺贝尔文学奖后，莫言由一位在极小的文学圈里知名的中国作家，一跃而为耀眼的文化明星。然而，莫言或还没有从令人眩惑的星光中回过神来，就遭遇了中国舆论场特有的"冰火两重天"。很多之前连莫言的名字可能都没听说过的网民开始了先是零星，后逐渐声势浩大的质疑：不是说作家是社会的良心么，怎么从来没有见过这个叫莫言的作家就我们老百姓关心的问题，教育问题、民生问题、环境问题，发出过声音呢。在很多人的固有理解之中，一个作家如若不是经常为所谓"民生疾苦"摇旗呼号，而只是躲在书斋里编故事，那么作家的成色就要大打折扣。

也就是说，公众对莫言的期待是公共知识分子；而莫言的自我定位，却是专业知识分子。对于莫言来讲，我是一个作家，一个写小说的，我只要把小说写好，就是尽到了自己的本职。站立于时代的风口浪尖上，做"意见领袖"，显然不是莫言的追求。

不能说公众对莫言的这种质问和质疑全无道理，但这种质问与质疑显然是出于普通公众对作家与现实的关系、文学与现实的关系的严重的误会。

中国作家，尤其是中国当代作家的"公共性"诚然不高，但若说中国当代作家的"现实关怀"弱，我就坚决不能同意。

莫言的文学创作起步于新中国文学发展的黄金时代——20世纪80年代。如今已经很难想象，那个年代的征婚启事"金句"竟然有"家境贫寒,爱好文学"!无论什么东西,只要和文学沾上边,立马熠熠生辉。那个年代的文学,除审美功能外,尚需承负历史的反思功能、真相的揭示功能,乃至思想解放运动的助推功能。可以说,那时的小说借"虚构"为"隐身衣",基本上可以自由无碍地表达自己的历史关怀与现实关怀。如果考虑到,"历史关怀"究其实质,也是作家现实关怀的镜像,则我们可以说,对现实的深度介入可以说是80年代文学的重要特征,也是那个年代文学所以为全社会瞩目并被赋予过高期待从而也承负了过重使命的原因或背景。可以说,借助思想解放运动形成的话语空间,包括莫言在内的80年代小说家呈现历史真相和现实真相所达到的广度,以及对历史与现实进行反思所达到的深刻度,不仅远远为当时的新闻界所不及,也远远超过了历史研究界——而"新闻"和"历史"在这些方面本来应该做得更多、更好。

20世纪90年代以降,文学渐渐失去了它的"轰动效应"。文学从全社会关注与瞩目的中心撤退,越来越边缘化了。时至今日,文学已经越来越像在一个很小的圈子内的"自娱自乐""自言自语"。但我向来的意见是,让文学承负过重的道德使命与时代使命本来就是不正常的。文学的边缘化,文学越来越成为极少数人才会关注的事业,某种意义上恰恰意味着文学的发展进入了一个"正常"时代。

与文学的逐渐边缘化相伴随的一个现象就是文学影响历史走向,甚至直接参与历史进程的雄心大减,文学的"日常"

性、"私语"性日益凸显。但这却并不意味着文学完全摒弃了它的介入、干预现实的功能；尤其是对于有些文类，比如小说，对现实的关涉与关切，甚至可以说是来自文体性质本身的固有要求。有时候，这种关涉与关切采取的方式或不再像20世纪80年代文学那么质直，显得比较的隐晦，但介入现实的尖锐和深刻可说并未减弱。

莫言的长篇小说《丰乳肥臀》即是这方面的具有典范意义的例子。

《丰乳肥臀》发表于1996年，1996年由此成为莫言创作生涯中的又一个亮点年。此前十多年，可视作莫言创作的第一个阶段，基本上形成了相对稳定的艺术风格和主题叙事。如果说此前的作品侧重于表现男性生命力的勃发与雄强，那么《丰乳肥臀》可说是莫言创作上的真正突破，因为它是一部侧重表现女性的作品。《丰乳肥臀》是一部赞美女性的作品，若嫌"女性"一词过于窄化，可以说，《丰乳肥臀》是一部赞美人类母性的作品。

1994年，莫言的母亲去世。母亲去世后，莫言一直想写一部小说献给她，却一直不知道从哪里下笔。直到有一天，几年前在北京的一个地铁口看到的那个显然是来自农村的妇女，重又进入他的脑海，激活了他的创作冲动，让他知道了他该从哪里写起：

  1990年秋天的一个下午，我从北京的一个地铁口出来，当我踏着台阶一步步往上攀登时，猛然地一抬头，我看到，在地铁的出口那里，坐着一个显然是从农村来的妇女。她正在给她的孩子喂奶。是两个孩子，不是一个孩子。这两个又黑又瘦的孩子坐在她的左右两个膝盖上，每人叼着一个奶头，一边吃奶一边抓挠着她的胸脯。

我看到她的枯瘦的脸被夕阳照耀着，好像一件古老的青铜器一样闪闪发光。我感到她的脸像受难的圣母一样庄严神圣。我的心中顿时涌动起一股热潮，眼泪不可遏止地流了出来。（2000年3月莫言在美国哥伦比亚大学的演讲《我的〈丰乳肥臀〉》）

这个"显然是从农村来的妇女"，显然就是城里人、文明人眼中的"盲流"。她们从家乡干部的围追堵截中"突围"而出，流落城市。她们是一群肮脏、褴褛、愚昧、卑贱的生命，她们甘冒倾家荡产的风险，就为多生几个孩子。

莫言虽说是十三年后（2009年）写长篇小说《蛙》时，才直接触及计划生育问题，但其实思考早已启动，情感早已开始积蓄力量。这种力量显然成为莫言写作《丰乳肥臀》的重要内驱力——就是要赞美母亲；就是要赞美母性；就是要在一个女人生孩子不仅不再具有诗意的光辉，反须承负国家所以积贫积弱的原罪的时代，赞美生殖；就是要把女人的生殖奉上神坛；就是要唤醒我们这个民族对母性，对生殖的膜拜的感情。

《丰乳肥臀》未必是学校图书馆里被翻得最破的一本书，

却肯定是我从图书馆里借出过的书里面被翻得最破的一本。我知道很多学生是冲着书名借这本书的,毕竟"丰乳肥臀"四字太容易促成性方面的联想。这显然是辜负了作家莫言的苦心。《丰乳肥臀》是莫言献给他母亲的作品,也是莫言献给全天下所有的母亲的作品。"丰乳肥臀"更本质的含义并不是性,而是"生殖"。"肥臀"是旺盛的生殖力的象征,"丰乳"则象征了哺育的连绵不断。"丰乳肥臀这两个最俗的字眼表达出来的无疑是一种最深刻的意念,一个最古老的仪式,一段最原始的情感,这就是人类已经暌违许久的生殖崇拜。"[1]

生殖崇拜是人类尚处母系社会时的古老情感。随着人类社会进入父系社会,女性生殖的位格随之降低。女性生殖不仅不再神圣,而且降格为父系血缘得以延续("香火")以及私有财产得以承袭的手段。小说开篇就是主人公上官鲁氏的第八次生产,这是一对双胞胎。正是这次生产,产下小说后半部分的重要人物,上官家唯一的男孩子上官金童和上官家的八女上官玉女。但这是一次怎样的生产啊。母亲上官鲁氏疼得死去活来,赤裸的身体"陷在血泥中",而这时,上官家的男人哪去了呢?莫言饶有深意地写到那天赶巧,上官家的驴子也在生产,上官家甚至请来了兽医樊三为驴子接生,上官家的男人们都到牲口棚看热闹去了;同样生产并且是难产的上官鲁氏却只能一个人在血污中痛苦地挣扎。待驴子顺利产下小骡驹,婆婆

---

[1] 谭桂林:《长篇小说与文化母题》,湖南师范大学出版社,2002,第210页。

上官吕氏欲请樊三顺便给难产的上官鲁氏接生，遭樊三断然拒绝。女人生孩子在民间长期被认为是"不洁"从而也是"不吉"的事情，何况是难产，"血光之灾"。值得一提的是，小说中最后为上官鲁氏接生的竟然是日本军医。

漫长的父系社会或者说男权主导的社会的历史就是一部母亲的"受难史"，也是女性的生殖被漠视、被践踏的历史。莫言的《丰乳肥臀》就是通过呈现母亲如何受难，母亲的生殖如何被漠视与践踏，呈现女性，或者说人类"母性"的神圣与庄严，把备受摧残的女性的生殖，在千万年后再一次托举上神圣的祭坛，从而使得这部长篇小说在某种意义上成为一根刺，一根楔入我们时代的刺。这根刺，让我们疼痛，也让我们警醒，并且反思人性与文明的漫长的歧途。这是我对《丰乳肥臀》这部作品，虽有不满（比如它的语言的涣散与粗疏），却依然深怀敬意的一个理由。

《丰乳肥臀》是一部高扬"母性"的作品。如果考虑到人类漫长的父系社会的历史，就是连绵不绝的战争的历史，则所谓"父性"某种意义上就意味着对生命的屠杀与毁灭，而"母性"则天然的就是对生命的养育与保全。人类在经历了数千年的父性社会的自相残杀后犹得存续，不是因为人类有"父性"，而是因为人类有"母性"。是"母性"，或者说"妇人性"最终呵护、守护了人类的命运，成为这片大地最终能免于沉沦的希望所在。

我用"父性""母性"，而没有用"男性""女性"，当然是因为"男性""女性"只是生物意义上的性别的区分；而"父性""母性"则是文化意义上的生命态度的区分，和性别无必然关联。女性身上可能有"父性"，男性身上可能有"母性"。比如，《丰乳肥臀》中的上官家的那些女儿们，她们虽身为女性，就情感、心性而言，却发展或者说异化成为"父性"，与她们共同的母亲上官鲁氏恰成对照。

谭桂林先生的研究最早注意到，小说主人公上官鲁氏和上官家的那些女儿们正构成一组意义对比。上官鲁氏的一生生过八胎孩子，她不仅用自己硕大的乳房，哺育了自己生下的儿女，还用自己硕大的乳房哺育了她的女儿们生下的儿女。生孩子、养孩子是上官鲁氏一生的主要线索。而上官家的那些女儿们就不同了。她们要么不愿意生孩子，要么即使生下孩子，也不愿意养，而是丢给母亲上官鲁氏，然后继续跟随男人们去更广阔天地实现所谓的"人生价值"。

我在课上讲到这里，提到漫画家丁聪的一幅漫画，漫画的名字叫《丁克家庭》，画的是一对年轻夫妻，晚上坐在沙发上看电视，妻子的怀里抱着一条狗。"画"外之意显而易见：他们宁可养一条狗，也不愿生孩子。计划生育政策有几个误区，其中之一就是，没有预见到随着经济社会的发展，人的生育意愿会越来越低。低生育率以及随之而来的人口负增长、社会老龄化等，越来越成为整个人类需要面对的问题。

小说中母亲上官鲁氏活到了九十五岁高龄，无疾而终；而上官家的女儿们则没有一个得到善终，最后都死于非命。上官鲁氏所以能活到高龄，获无疾而终的"福报"，就在于她的一生视生孩子、养孩子为一个女人的天然使命，是顺从一个女人自然本性的一生；上官家的那些女儿们虽身为女性，但她们身上的母性显然已被异化，她们"宁愿为着一些本属男人的事情东奔西走，也不会将生殖与养育当作女性的责任来担承。这是时代的变化使然，更是现代女人母性本能的退化所致"。[1]

由此，《丰乳肥臀》的"生殖崇拜"主题，不仅深度介入了当代中国的现实，同时也在表达一种文化忧患与文化焦虑，可称是一部现代社会"母性"退化的警世寓言。心事浩茫，借小说而发为惊雷，可说是对人类正在遭遇的现实困境的深度介入。这是我虽对《丰乳肥臀》艺术上的造诣持保留态度，却依然对它深怀尊敬的又一个理由。

笔者写这篇札记期间，得到一个数字，2023年全国新出生人口为九百零二万。如果属实，就我们庞大的人口基数而言，这无疑是一个低得让人触目惊心的数字，这个数字益发凸显《丰乳肥臀》这部作品的时代分量。

整体结构与文化密码

自"文本细读"这个由法国"新批评"学派发明的概念在国内流行，以致用"文本细读"一词替代原先常用的"文本解

---

[1] 谭桂林：《长篇小说与文化母题》，湖南师范大学出版社，2002，第212页。

读"成为习惯以来，文本解读越来越被误认为是专对文本的细节、细部的深度阐释与阐发。这固然不能说就不对，但一个文本的整体，它的整体结构，比如对于一部长篇小说来讲，它的整体的人物关系的设置、情节结构的安排，难道就不需要细读吗？要知道，整体结构里就可能隐伏着作品的意义编码和文化密码。

最先注意到这个问题，源于几年前我临时代过中文师范本科班一门课——中学语文教学案例研究。这门课的后半段是安排学生模拟授课。有不少学生选的课文是川端康成的《父母的心》，我这才知道，苏教版的初中语文教材里有川端的这个短篇小说。一对穷夫妻，实在养活不起他们的几个孩子，于是决定把其中一个送给一户有钱人。一来减轻自己的负担，二来说不定就此改变这个孩子的命运。他们最先送出的是大儿子张旭红。谁知第二天清晨，他们找到领养人说，"不管家里多穷，我们也该留着张旭红继承家业，把长子送人，不管怎么说是不合适的"，要求用二儿子张静敏换回大儿子。可到了傍晚时分，他们又来了，说"张静敏的长相、嗓音极像死去的婆婆。把他送给您，总觉得像是抛弃了婆婆似的"，又要求用三岁的小女儿张宏换回二儿子。第三天上午，他们又找到领养人，话还没说，就放声大哭，他们这次的要求是领回小女儿。他们说"与其把孩子送给别人，还不如全家一起挨饿"。

这篇小说让我震动，乃至震撼，不在故事本身，而在故事的讲法。由于受限于篇幅，对于短篇小说的作者而言，比知道自己应该写什么更重要的是，知道自己"不必写什么"。我记得孙绍振先生有一次谈到短篇小说的"省略的魄力"，他举的例子是鲁迅先生的《孔乙己》。孔乙己落第，偷书，挨打致残——这些决定了孔乙己的命运——使得孔乙己成为孔乙己的这些事件鲁迅统统让它们发生在幕后，一件也没有写，而只写了咸亨酒店前孔乙己被嘲笑和冷漠包围的三个场景，用关于短篇小说的文艺学术语来讲，就是三个"生活的横截面"。孙绍振如此解释鲁迅的俭省的"笔墨"："重要的不是人物遭遇，而是这种人物在他人的、多元的眼光中的、错位的观感。"[1]

川端康成《父母的心》也只写了送孩子，换孩子，最后要求领回孩子的四个场景，也就是四个"生活的横截面"。而真正让我们读者感动的、揪心的，恰恰是作者没有写的东西，即每次送完孩子回到家，这对穷夫妻遭受的心灵的痛苦和煎熬。

就"省略的魄力"而言，鲁迅的《孔乙己》已经够"狠"，但还有比鲁迅更狠的，比如川端康成的《父母的心》。鲁迅虽然没有直接去表现孔乙己的沦落与潦倒，但还是通过其他途径，比如说其他人物的对白，进行了侧面的交代；而川端康成的《父母的心》则干脆对最有可能触着读者内心痛处的东西，一个字也没有写。也即是说，我们是被作者没有写的东西给感动了，震撼了。

关于《父母的心》，语文老师该给学生讲些什么呢？我

---

[1] 孙绍振：《审美阅读十五讲》，北京大学出版社，2013，第98页。

觉得，什么都可以不讲，但这种写法上的高明，用文艺学的术语来讲，这种"虚实相生"的叙事智慧，不可以不讲。遗憾的是，所有的选了《父母的心》的学生，在模拟授课时，对此都做了"睁眼瞎"。有的学生已经就四个场景在黑板上列了一张表，小说的整体结构可说已经一目了然，然于小说结构安排上这个最亮的"点"，他们依然视若不见。

后来我又重读了杨义的《中国叙事学》的部分章节，更加深了我对"细读整体"这一问题的认识。

中国古典小说似有一"奇书"传统。"奇书"所以为奇书的一个要件就是在人物关系的设置、情节结构的安排里隐伏着"微言大义"，或者说文化密码。杨义在《中国叙事学》中称这种结构原则为"道与技的双构性思维"："中国人思维方式的双构性，深刻地影响了叙事作品结构的双重性。它们以结构之技呼应着结构之道，以结构之形暗示着结构之神，或者说它们的结构本身也是带有表里相应的双构性的，以显层的技巧性结构蕴含着深层的哲理性结构，反过来又以深层的哲理性结构呼唤着和贯通着显层的技巧性结构。"[1]

杨义特别注意到清康熙刻第一奇书《金瓶梅》，把明万历刻本《金瓶梅词话》的首回过多沿袭《水浒传》的"景阳冈武松打虎"，改为在玉皇庙中"西门庆热结十兄弟"——"在技巧性修改中使结构的深层哲理性完善化"。《金瓶梅》写西门

---

[1] 杨义：《中国叙事学》，人民出版社，1997，第47页。

庆家族暴发、荒唐和崩毁的历史。西门庆在清河县的府宅在全书中居中心位置,是他和六房妻妾寻欢作乐的地方,也是他官商勾结、发泄酒色财气的无穷欲望的地方。而作者饶有深意地在西门家宅的两旁,安排了两座寺院,一道,一佛。道则为玉皇庙,佛则为永福寺。一道观,一佛寺,把西门家族置于"生与死、冷与热的带有宗教意味的潜在结构之中":"城东门外的玉皇庙属于道教,人们在这里祈福禳灾,热热闹闹地追求着生;城南门外的永福寺属于佛教,人们避难于斯,埋葬于斯,悲悲凉凉地解脱着生,超度着死。"[1]"空间"结构引领着《金瓶梅》的情节结构。《金瓶梅》的情节起于西门庆与应伯爵、花子虚等十人在玉皇庙焚纸祭神、八拜结盟。后来西门庆加官得子,又在玉皇庙内设坛打醮、摆宴唱戏。可以说,玉皇庙是西门庆醉生梦死的荒淫、奢靡生活的见证。按照评点《金瓶梅》的张竹坡的说法,"玉皇庙热之源,永福寺冷之穴"。西门庆最后正是在永福寺的禅堂内获得梵僧淫药,与潘金莲上演"最后的销魂",从而油尽灯枯,一命呜呼。小说结尾,西门庆的遗孀带着孝哥儿逃避金兵之难,暂避于永福寺,念经超度西门庆、潘金莲、李瓶儿、庞春梅、陈敬济一干孽鬼冤魂,西门庆的儿子孝哥儿也剃度出家。

"起于玉皇庙,终于永福寺"这一作品的整体结构的安排,显然暗伏了一种文化密码。结构固然是形式,而形式不仅

---

[1] 杨义:《中国叙事学》,人民出版社,1997,第48页。

仅是形式。形式本身即有"意味"。形式就是"意味"。《金瓶梅》叙事结构所蕴含的深刻的命运感、幻灭感的哲理意蕴,与《红楼梦》起以"鲜花着锦,烈火烹油",终以"白茫茫一片大地真干净"的"悲凉渐次淹漫繁华"(鲁迅所谓"悲凉之雾,遍被华林")有异曲同工之妙。

很难说这是否得益于中国古典小说的影响——莫言具有天才的想象力和天才的结构能力。这是我虽对莫言的语言成就持保留态度,但还是对他深怀尊敬的又一个缘由。

读完《丰乳肥臀》全书,鸟瞰这部旷世"奇书"的整体,我们或会震撼于它的整体的人物关系的设置与情节结构的安排。

小说主人公、母亲上官鲁氏的小名叫璇儿。璇儿嫁到上官家,好长时间肚子不见动静,婆婆上官吕氏便开始脸不是脸,腚不是腚,整日里指桑骂槐,指鸡骂狗。是啊,养一只老母鸡还能下蛋呢。上官鲁氏,也就是璇儿,一气之下,回了娘家。说是娘家,其实就是上官鲁氏的姑妈家。璇儿的父母早死了,她是由姑妈一手带大的。上官鲁氏的姑妈把璇儿带到医院一检查,上官鲁氏没有问题。上官鲁氏没有问题,那就意味着是上官鲁氏的丈夫上官寿喜有问题。上官鲁氏从此就走上了一条漫长的借种的道路。

上官鲁氏一生生过八胎。第一胎生下了大女来弟,第二胎生下了二女招弟,来弟和招弟血缘上的父亲叫于大巴掌,也就是上官鲁氏的姑父。于大巴掌不是个坏人,知道这种事情上不得台面，所以，当上官鲁氏的姑妈再逼着他给自己的侄女上官鲁氏提供"种源"，他说什么也不答应了。于是，上官鲁氏不得不向外"借种"。上官鲁氏第三胎生下了三女领弟，领弟血缘上的父亲是一个到高密东北乡卖小鸭子的外乡人。上官鲁氏的第四胎生下了四女想弟，想弟血缘上的父亲是一个在高密东北乡摇铃行医的江湖郎中。上官鲁氏第五胎生下的是五女盼弟，盼弟血缘上的父亲是在高密东北乡屠狗卖肉的高大彪子。上官鲁氏第六胎生下了六女念弟，念弟血缘上的父亲竟然是齐天庙里的一个和尚。上官鲁氏第七胎生下的是七女求弟。求弟最为不幸，上官鲁氏在田间干活，被一群溃败的逃兵轮奸，这群逃兵中的一个是求弟血缘上的父亲。上官鲁氏的第八胎，也就是最后一胎，是一对龙凤胎，生下了八女上官玉女和上官家唯一的男孩子上官金童，而他们血缘上的父亲则是在高密东北乡传教几十年，已经能说一口流利的高密土语的瑞典人马洛亚牧师。

我们可以画一张关于《丰乳肥臀》的人物关系（情节结构）图：

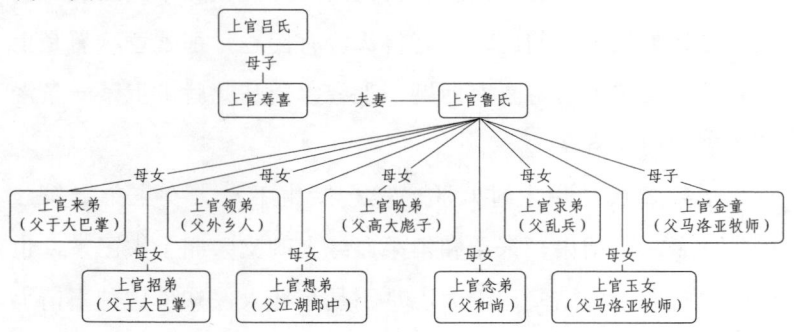

```
                    ┌─────────┐
                    │ 上官吕氏 │
                    └────┬────┘
                        母子
        ┌─────────┐    ┌────┴────┐
        │ 上官寿喜 │─夫妻─│ 上官鲁氏 │
        └─────────┘    └────┬────┘
         ┌──────┬──────┬────┼──────┬──────┐
        母女   母女    母女   母女   母女   母子
  ┌──────┐ ┌──────┐ ┌──────┐ ┌──────┐         ┌──────────┐
  │上官来弟│ │上官领弟│ │上官盼弟│ │上官求弟│         │ 上官金童 │
  │(父于大│ │(父外乡│ │(父高大│ │(父乱兵)│         │(父马洛亚│
  │ 巴掌) │ │ 人)  │ │ 彪子) │ │      │         │ 牧师)   │
  └──────┘ └──────┘ └──────┘ └──────┘         └──────────┘
       母女       母女       母女       母女
  ┌──────────┐ ┌──────────┐ ┌──────┐ ┌──────────┐
  │ 上官招弟 │ │ 上官想弟 │ │上官念弟│ │ 上官玉女 │
  │(父于大巴掌)│ │(父江湖郎中)│ │(父和尚)│ │(父马洛亚牧师)│
  └──────────┘ └──────────┘ └──────┘ └──────────┘
```

我在课上讲到这里，以多媒体的形式向学生出示了上图。我的想法是，即使有学生因为偷懒没有课前去读《丰乳肥臀》，仅仅看这张人物关系（情节结构）图，也应该能够看出这部作品的不凡的文化"抱负"。

当我们依原型批评的方法，把《丰乳肥臀》置于家族母题小说里来看，问题或更清楚了吧。历来的家族母题小说，无论中外，从西方的马尔克斯《百年孤独》、福克纳《喧哗与骚动》，到中国古典的曹雪芹《红楼梦》，再到中国现代的巴金的《家》、当代的陈忠实的《白鹿原》，都是强调父系血缘。一个家族里的兄弟、姐妹，母亲可以各个不同，可以是嫡出，也就是大太太生的，也可以是庶出，也就是小老婆生的，甚至可以是婚外私生，但他们必须拥有同一个血缘上的父亲。而在《丰乳肥臀》中，可谓"天翻地覆"，上官家的那些女儿们，血缘上的父亲各个不同，但她们却拥有共同的血缘上的母亲——上官鲁氏。

当年读完《丰乳肥臀》，面对这部"奇书"的整体结构，震惊之余，我不禁想起古希腊大哲阿基米德的一句名言：给我一根杠杆，我可以撬起地球。莫言以一种独特的人物关系和情节结构的设置，"顽童"般的竟试图撬动人类数千年，甚至上万年来形成的文化板结层，也就是那已经是难以想象的庞然大物的父权文化、男权文化的传统。

当年莫言因为《丰乳肥臀》，被迫脱去军装，结束了二十一年的军旅生涯，或并不是因为什么"低俗"，而是因为莫言"顽童"一般，"齐天大圣"式的唐突与冒犯，让这个父性的、男权的世界深感不安。

细读《丰乳肥臀》的整体，我们还可以透过小说叙事的密林，隐隐看到密林深处暗伏的几条若隐若现的"小径"，也就是作品中暗伏的几组对比结构。除了上文已有论及的上官家的女儿们跟自己的母亲构成的一组意义对比外，小说中潜隐的对比结构起码还有：男性与女性，或者说父性与母性；上官金童与他的姐姐们等。这些对比结构里显然亦有莫言的文化关怀与文化关切。限于篇幅，此处不拟深论。

漫长的父系社会的历史就是一部崇尚强力、追求强力的历史。而强力非但没有解决人类的遭遇困境，强力本身也成为人类亟待解决的问题。相对于父性的强力，母性或者说"妇人性"似乎天然地就是软弱与受难的象征。神学家朋霍费尔在谈到耶稣在十字架上受难时说："上帝拯救我们，不是靠他的全能，而是靠他的软弱和受难。"在朋霍费尔看来，如果这个世界有最终被拯救的可能，那么，能够最终拯救这个世界的力量肯定不是强力，而是软弱这种"无力之力"。相反，追求"强力"，过去是，现在是，将来也必然是这个世界动荡不安的根源。

触动我产生上面这段有"强拉硬拽"之嫌的联想的，是当前文学的一个特别耐人寻味的现象：越来越多的作家写出了极具分量的关于女性的作品，最典型的莫如与莫言同为20世纪50年代生人，又有同学之谊的旅美作家严歌苓。她的《第九个寡妇》里的王葡萄、《扶桑》中的扶桑和莫言《丰乳肥臀》中的上官鲁氏从某种意义上可说已经形成一个形象谱系。她们都是承受一切，同时又包孕一切的仁厚的地母；她们都以柔弱的母性平衡，甚至撬动了一段沉重而苦难的历史；她们是托举这片土地使之免于沉沦的最后希望。由她们所代表的这个形象谱系或会越来越丰富，成为当代华语文学的一道奇观。

附录一

当年偶像是莫言

1984年是莫言生命中的重要年份。这一年莫言在部队考取解放军艺术学院文学系，从而彻底摆脱了自己的农民身份。少年得志，鹏程万里似乎指日可待，成名成家亦只囊中物耳。用莫言自己的话说，放寒假了，也好意思"花三块六毛钱买了一条准牛仔裤箍住身体的下半部分，带着豆蔻花开的美好感觉，探家去"。

莫言考取军艺那年往后再数七年，我从苏北农村考入本省的一所师范学院中文系。莫言那时已经是风头正健的青年作家中的翘楚。我进大学后依然是劣性不改，几乎没正经听过课。大一下学期便开始经常逃课，躲到图书馆的过刊室读当代小说。有一天翻开一本几年前的《人民文学》杂志，就读到了莫言的《你的行为使我感到恐惧》，写的是一个男人把自己的命根子给剪掉了。这是我读到的莫言的第一篇小说，那种魔幻、诡异，却又瑰丽的气氛一下子就把我震倒了。啊，原来小说还可以这么写！

那时，像我一样从农村出来念大学中文系，自恃有点写作基础，又怀抱文学理想的人，在校园里还有不少。我们那时把文学看得很干净，很清高，不愿意加入校方组织的文学社之类，于是便自然而然形成了一个组织松散的小团体，隐然有跟"官气"十足的"文学社"较劲之意。20世纪90年代初，尚承接着80年代的流风余韵，这样的小团体在全国正不知有多少。正是在这个"小团体"不定期、不定人的聚谈中，我从一学长那里听到了莫言当年考军艺的"传奇"：本来不是莫言去考，是莫言的一个战友去考。莫言是跟他的战友一起到北京去玩的。到了北京之后，莫言临时起意，干脆自己也进去考一下子。结果，他的战友没考上，他考上了。

这个"传奇"后来又经由我口，传给了不知多少正做着文学梦的学弟学妹，激起了不知多少青涩少年对文学的憧憬与向往。

但其实这怎么可能！我家族中当年有人在部队里，我知道在部队里考军校是多么不容易的一件事，光是取得报考资格就既繁且难。莫言当时在部队肯定动用了一个农村兵能"用得动"的有限的、可怜的全部资源与人脉，才拿到那张准考证的。怎么可能是"临时起意"，说考就考呢？！问题是，明知是假，我们为什么又乐于相信这样的"传奇"，并津津乐道、口口相传？

莫言是我们当年的青春偶像啊，而偶像的成功往往难免要被"传奇化"的啦！把一个人的经历给"传奇化"，就是要夸大这个人成功的偶然因素，且愿意相信这些偶像的成功给自己提供了某种命运的暗示。

时间又过去二十多年，中国出了个李宇春。李宇春成为一代新新人类青春偶像的过程，亦是一个被"传奇化"的过程。比如，原本音乐学院的科班经历，就被口口相传的传奇"化"于无形，而借"超女"一夜成名的机运却被无限放大。

一个时代的青年有一个时代青年的偶像。以一个作家为偶像，比以一个歌星为偶像，未必就高尚多少——背后的社会心理基础其实是一样的。有一类中国古典小说被文学史家称之为"发迹变泰"。此类小说可说是对世俗化社会人们普遍愿望的艺术表达。走捷径，凭机运，便可暴得富贵、暴得大名，"发迹变泰"，可说正是"偶像"现象背后的社会心理基础。

我差不多是过了四十岁之后，对于阅读对象，膜拜之心消遁，挑剔之意渐萌，曾经再神圣的偶像也开始走向黄昏。读莫言后来的越来越大部头的作品，我已经没有了读他早期作品时的激动乃至震撼。《丰乳肥臀》自是一本奇书，但语言的水分是不是太大了？正是语言的水分膨胀了小说的篇幅。《生死疲劳》是写土改的，想象力是不是太无节制？我就觉得不如严歌苓同一题材的《第九个寡妇》写得好。可以说，莫言是在我对他"越写越不如从前"的嘟哝声中一步步地迈向世界文学最高领奖台的。

对于阅读对象，从膜拜到平视乃至挑剔，于我也许能算是一种成熟吧。至于管老哥（莫言原名管谟业），您都已经是世界级大作家了，不会再介意我的这几句"挑剔"了吧。

附录二

管谟业的"年关"

那时还没有作家莫言，只有山东高密河涯乡平安庄老管家最小的孩子管谟业。春天遭了场大风，夏天遭了场大旱，秋收时节雨又下个不停。烂在地里的是粮食，也是全村几百口人最后的指望。

年关一步步正在逼近！县里拨下来救济粮，老管家却没份——老管家的"成分"是富裕中农。为了能让孩子们在除夕夜吃上一顿饺子，父亲管贻范以家传的木匠活手艺，把一扇破板门改成两张小饭桌，让还是小学生的管谟业背到集市上去卖，却被自称是税务所的人给强行没收了。管贻范踢了"没用"的小儿子管谟业一脚，开始唉声叹气，"主中馈"的母亲管高氏眼泪汪汪。邻居、童年的小伙伴王冬妹悄悄地对管谟业说："小三，不要紧，我有办法，让我们两家都能吃上过年的饺子。"

那个大年夜，冰雪遍地，小学生管谟业和小伙伴王冬妹提着个瓦罐子，到邻村去要饭，要饺子。"我们奔着光明去，哪家光明就说明哪家正在煮饺子。"一路上，冬妹不停地嘱咐："小三，编好的词儿别忘了！"很多年之后，作家莫言还记得他们初发利市的那家有一个高大的门楼，养着一条叫声粗壮的大狗，莫言写道："叫花子与狗是死对头，但我们不是叫花子，我们是给人带来幸福和财富的财神爷！"每到一户有光亮的人家，小学生管谟业便朗声叫道："财神爷，站门前，看着你家过大年。过大年，真正好，你家招财又进宝。快开门，快开门，开门搬回聚宝盆。送水饺，送水饺，金子银子往家跑……"一开始他还有点胆怯，到后来胆气渐豪，声音渐壮，扯开喉咙大喊也是对抗寒冷的好法子呢！又是一户有光亮的人家，还没等小学生管谟业把编的词念完，大门就豁朗地开了。一个小男孩，端着两个饺子送出来。他一手端着碗，一手还举着一个红灯笼。他把两个饺子扣到瓦罐里，提起红灯笼照了照小学生管谟业的脸，然后就受了惊吓一般回头就跑，边跑边喊："爸爸，爸爸，财神爷是我同学！"

年后新学期开学，他们装财神爷的事连同那段"顺口溜"传遍了全校。语文老师听说了这件事，专门来问小学生管谟业："你们唱得真好，那些词是你们自己编的？"管谟业难为情地点点头，老师摸着他的头说了一句话："自古英才出寒门，好好努力吧！"

十年后的1976年，管谟业参军入伍。十八年后的1984年，管谟业考取解放军艺术学院文学系。入学后的第一篇作业是系主任、著名作家徐怀中布置的：写一写"我是怎样走上文学之路的"。管谟业这一届同班同学共三十五人，大多已在文坛小有名气，比如李存葆那个时候已经发表了中篇小说《高山下的花环》和《山中那十九座坟茔》，并两次获得全国优秀中篇小说奖；宋学武那时已经写出《干草》并获得全国优秀短篇小说奖；后来以电视剧《中国式离婚》名闻天下的王海鸰那时已经是军内小有影响的编剧，而管谟业却还名不见经传！要写得紧扣老师的题目无疑是自我讽刺。这个时候管谟业想起了广袤、苍莽的齐鲁大地，想起了那个冰天雪地的大年夜，想起了聪明伶俐，后来却嫁了个哑巴，过着牛马般生活的童年的小伙伴冬妹……他似乎知道了自己该怎么去写这篇作业，自己所追寻的文学的"根"应该扎在哪里。管谟业提交的作业题为《也许是因为当过"财神爷"》，他满怀深情却又不露声色地讲述了这段不堪回首的往事——径直把那段和冬妹一起编的"顺口溜"作为自己最初的"文学创作"了。

在这篇文章的结尾，管谟业写道："老师，就这样吧。我仅仅是一个文学爱好者，至今也没有走上文学之路，只好这样装神弄鬼地糊弄您。俺爹曾经对俺说过，'常在河边走，哪能不湿鞋''瓦罐不离井沿破，跟着巫婆学跳神'。俺这样像小毛驴子一样虔诚地围着文学转圈子，没准也就能沾边上路了呢。"

几个月后，原名管谟业的作家莫言的《透明的红萝卜》发表，一颗璀璨的文学新星冉冉升起于世界东方。

附录三

小说的"手艺"

我上小学时的校长朱国贤先生家有四个公子，依次取名仁邦、义邦、道邦、德邦，四兄弟按家谱属"邦"字辈，再以"仁义道德"依次名之。朱先生家是书香门第，取名自然讲究；穷门小户给孩子取名没那么多讲究，然大抵也有规律可循。上高中时的班长叫张豹，我们拿他取笑说：你大哥、二哥莫非叫张龙、张虎？张豹兄嘿嘿傻笑——我们竟然猜对了！张家没有老四，若有，该叫什么呢？一个同学建议叫"张狼"，因音同"蟑螂"，赢得满堂彩。

中国人这种习见的给兄弟取名的规则古人谓之"雁行"，所谓"雁行有序"，与此有关的轶事趣闻亦常见于野史笔记的记载。民国要人谭延闿的父亲初名谭二监，乡里有谐谑者遂谓"其兄必名谭太监矣"，此事记载在徐珂《清稗类钞》里。谭二监后更名谭钟麟，或是为了保护其兄长免遭乡人嘲谑也说不定。

鲁迅在《阿Q正传》的开篇有一段游戏笔墨，说自己只知道乡人用绍兴话唤阿Q作"阿Quei"，却不知道这名字怎么写，是"阿桂"还是"阿贵"呢？按鲁迅的意思，"倘使他有一位老兄或令弟叫阿富，那一定是阿贵了"，而阿Q又只是一个人，写作阿贵，自然没有佐证。鲁迅自言是因为实在没有办法，"只好用了'洋字'，照英国流行的拼法写他为阿Quei，略作阿Q"。这似乎是在交代"阿Q"一名的由来，其实又未必。我一直愿意相信关于阿Q的Q字的通常解释，脑袋后面拖着条辫子，就是给当时的中国人画像。若有人以鲁迅小说中这段游戏笔墨为据提出反对，我只能告诉他，以无作有、以有作无，真真假假、假假真真本为小说家惯技，鲁迅不过是利用了中国人取名字的习惯玩了个花招，岂可坐实？黎巴嫩诗人纪伯伦说听女人谈话，不仅要听她说什么，更重要的是听她没有说什么；我说读小说也如同听女人谈话，不仅要看作者写了什么，还要看作者没有写什么。

据说小说源于生活，然生活中的东西进入小说，却有赖小说家的智慧去点染。运用之妙，存乎一心。在我关于小说的阅读经验里，利用中国人兄弟姊妹"雁行"的取名规则设置情节、升华寓意，最高明的并不是鲁迅，而是上海作家周宛润的《五妹妹的女儿房》。这里顺便说一句，论起以住房为题材的小说，周宛润的《五妹妹的女儿房》比六六的《蜗居》高明多了。怎奈《五妹妹的女儿房》拍成电视剧，虽有马伊琍这样的当红明星担纲，也反响平平；《蜗居》却后来居上，播腾众口。真真是时有利不利也，一叹！

小说中的五妹妹是典型的在上海的弄堂里长大的女子。五妹妹前面有四个姐姐，父亲按照班辈及花木中的四君子，依次取名罗红梅、罗红兰、罗红竹、罗红菊。五妹妹还在罗家姆妈肚子里的时候,当司机的父亲在一场车祸中离开这个世界,所以,罗五妹是在一场大悲恸之中落了地。母亲到一年之后,方才想起替她报户口。被问起孩子的名字时,罗家姆妈才想起孩子还没名字呢。"四君子"都用完了,丈夫又不在了,罗家姆妈再次被勾起伤心事,不由大恸道:"我哪里晓得梅兰竹菊后面还有啥呀!"慌忙中,五妹妹就叫了"罗五妹"。这个无疑是精心结撰的细节,蕴藉丰富。同为上海作家的王安忆认为,这寓意五妹妹失去了除房子之外的第二份遗产——"连这么点名义上的传承都中断了"。

　　这些东西对于一部小说来讲,自然只是细部,在有些人看来,也许近乎琐屑,但一部完整的小说都是由一个个"琐屑"的"细部"组成。如此,"细部"又何可忽乎哉?如果一部小说思想深刻、关怀广大,却不能提供哪怕是一个富含了小说家巧思的细部供读者铭记与回味,我觉得对于这部小说来说是非常悲哀的事情。我们老家过去有一个行当叫"赶大车"(自然这门手艺现在已经是消失多年),我家邻居的大女婿就是干的这一行当。关于这门傍身的手艺,他经常说的一句话是:给个县长都不换!他总是把那头小毛驴拾掇得干干净净,闲下来就给毛驴洗澡,把大车的轮子擦得锃亮。我长久地怀念着这位赶车的大叔,我觉得他让我看到了一个手艺人对手艺的虔敬——于每一个细部精打细磨,不含糊,不苟且。

　　说写小说是一门手艺,恐怕要惹得小说家朋友不高兴,因为这似乎降低了写小说这个职业的品位;但说小说首先是一门手艺（然后才是其他）我想就未必有什么错。"匠气"在汉语中是个贬义词，但若考虑到很多当代小说所以让人看不下去，大半竟是由于语言的粗糙与细节的粗糙，所以希望小说家多一些"匠气"我想也没有什么不好。如果"匠气"意味着对从语言到细节的每一个细部的精细打磨，毫不含糊，毫不苟且，岂不正是时下浮躁的文坛所稀缺的东西！美国的庞德说："陈述的准确性是写作的唯一道德。"意大利的卡尔维诺提出过，要"精准——形式设计和词语表达精准"。俄国的巴别尔则说："没有什么能比一个放在恰当位置上的句号更能打动你的心。"我觉得这些话里包含了这些世界级超一流作家对于小说作为一门手艺的认同与虔敬。

写到这里，不禁想到了莫言的《蛙》里的那些人物，什么王肝、王胆、陈鼻、袁腮。如此把人"器官化"有贬损人的价值之嫌姑且不论，普天下可能也找不到莫言所说的习惯用人的身体的某一器官给子女命名的地方。此种"无中生有"的"想象力"其实是对想象力的滥用。语言的不加节制与所谓的"想象力"的泛滥，导致了一个几乎必然的结果：小说文字的粗糙，甚至是"溃不成军"。

守持对技巧的执着，对语言与细节的精致的执着是我对从张爱玲到王安忆、周宛润等几代上海作家常怀尊敬的一个理由；当然，也是我对早期莫言常怀尊敬的一个理由。

十三　王小波的"小说观"及其他

　　王小波去世到今天二十七年了。

　　王小波身前寂寂无名,死后声誉鹊起。然而二十七年来,主流文学界对王小波的接纳依然是有限的。当代文学史的书写于王小波亦是欲迎还拒。其实这是一点都不奇怪的。主流文学是所谓"严肃文学",文学史的书写也是以所谓"严肃文学"为主线的,而王小波偏偏对"严肃"最不感冒。一种文学竟自称"严肃文学",王小波都能被气哭了。对不起,我说错了,小波是不可能被气哭的,他是被气笑了。汉语中还有比"严肃文学"更可气又可笑的专名吗?

　　"严肃"老夫子正襟"高"座、顾盼自雄——在王小波看来,真是太不好玩了,或者说这本身就是太好玩的事情,调皮的王小波一定想上去弹他一个脑瓜嘣儿,或揪下他一根胡子玩一玩。

熟悉王小波作品的人必能同意,王小波文学观的核心关键词即是"好玩"。他曾明白宣示:好小说就是"要让人读了开心"。"严肃"只需一些似是而非的热情、立场,或诸如此类;"好玩"则需要真正的智慧、才情、趣味与胸襟。

前阵子,就文学应该"歌颂"还是"批判"在舆论场竟成为问题,至今硝烟未散。我的意见,说文学应该专事"歌颂"固然不需辩驳,说文学应该"批判"现实,同样让我不舒服。王小波的《黄金时代》涉及了那个特殊年代的悖谬与荒诞,但如果你当面说王小波是在批判那个特殊年代,估计又能把他气笑。

或在王小波看来,动不动就说文学要批判、揭露、控诉,让文学承负过重的道德使命,好像文学有多了不起,岂不是太自以为是,太自作多情,太不好玩了。真正的好文学(我这样说其实有问题,真正的文学必是好的)必很清高,意识到文学应别有怀抱,从而逐渐失去批判这个世界的兴趣,正是一个作家的成人礼。

从现实的层面而言,文学是对人的命运的承载,永远与人世的心酸、屈辱、挣扎、苦涩同在,与人类的苦难同在;从非现实的层面上而言,文学是精神的翱翔。文学不反映生活,文学只负责发展生活、超越生活。文学是凭借想象,创造一个非现实性的自由世界、心灵世界。

对文学非现实性的强调与实践，正是王小波于中国文坛"独立萧疏"的显著标识。

现实主义作为创作方法，在20世纪中国文学史上最得推崇，也最具话语覆盖力，甚至一度成为官方唯一认可的创作"纪律"。然检点百年文学，最"现实主义"的作家是谁？我觉得竟然是从不标榜"现实主义"的张爱玲。没有哪个作家像张爱玲那样用地道、圆熟的中文写透了人生的残缺与伤痛，以及人性的亏与欠。与张爱玲相比，庙堂上、礼堂内、大厅中的"现实主义"只是半吊子现实主义，甚至是"伪现实主义"，我们甚至不能指望他们能向我们呈现多少"现实"。

然"太现实"也是张爱玲的缺陷。难道我们在现实中遭遇的琐碎、平庸、压抑、荒诞还不够多，还需要在文学中"吃二茬苦，遭二茬罪"？

王安忆在复旦大学讲小说，劈头就说：小说不是现实，它是个人的心灵世界，这个世界有它自己的原则、起源与归宿。如果让我来接着王安忆的"小说不是现实"朝下讲，我会这样讲：小说不是现实，它是现实围困中的精神突围，是凭借叙事和想象超拔于破碎生活之上的破茧而出、振翅而飞，是"疲惫生活里的英雄梦想"。

我觉得这也就解释了王小波何以称张爱玲的小说为"幽闭型小说"，且明确表示不喜欢的原因。生活就是一系列的"囚笼"与"噩梦"，小说却不可以把"囚笼"与"噩梦"当成一切来写。对于王小波来说，写小说的事业所以迷人，就在于可以凭借澎拜的想象，做一些"囚笼"与"噩梦"以外的事情。

　　王小波喜欢的作家都有谁？最先想到的当然是意大利作家卡尔维诺。最能够代表卡尔维诺的风格，同时也最有可能让王小波读了之后，借以悟透小说的本质的作品，我觉得应该是卡尔维诺的《树上的男爵》。小说主人公男爵柯西莫从十二岁那年的一个中午因为拒绝吃午餐桌上的一只蜗牛，一抬腿，上了树。从此他就在树上生活，再也没有踏上过地面。一直到他六十五岁，眼看就要死了，他却宁可乘上热气球，在海上消失，也不愿回到地面。可以说，男爵柯西莫创造了"超越尘寰的另外一种生存形态"。

　　可以想象，卡尔维诺讲的这个故事，是如何让少年王小波读了之后开心欲狂。米兰·昆德拉有一本谈小说艺术的书，叫《被背叛的遗嘱》。因为在这本书里，昆德拉丝毫没有提及现代小说艺术的最高成就：卡尔维诺、杜拉斯、尤瑟纳尔、莫迪阿诺，王小波深致不满，认为是"同行嫉妒"。但昆德拉关于小说艺术的本质的一个提法又必让他高兴欲狂：小说是对人类存在的可能性的勘探。

　　是的，小说不是现实，它是对人类存在的可能性的探索。柯西莫的故事是"非现实"的，在我们中国任何一座城市，如果一个人跑到树上去生活，不愿意回到地面，都会被家人强行送往当地"三院"（印象中各个地方的"三院"都是精神病院）；但柯西莫或者说卡尔维诺创造的这个生存形态又是人类存在的一种可能性。卡尔维诺没有把男爵柯西莫的生活作为神秘的灵异事件来书写，而是遵循地上的人所可想象的日常逻辑。

柯西莫的故事的发生地翁布罗萨到处是成片成片而又彼此相连的森林，这是柯西莫在树上的生活所以可能的"地理"基础。柯西莫逃到树上的第二天，接受了他的弟弟，也是小说的叙述者比亚乔送给他的被褥等生活用品；柯西莫逐渐学会了在树上生活的一切本领，他在树上钓鱼和打猎，用多余的猎物跟地上的人们交换生活必需品；柯西莫在树上渐渐长大以后，跟邻居的女儿薇娥拉有了一段起初轰轰烈烈最后让他痛不欲生的爱情；他在树上读书、写作，并且跟当时欧洲的很多大哲学家通信；他在树上设计并修建了一条"水渠"造福桑梓；他甚至在树上领导了一次森林烧炭工人的罢工。

王小波说过："文学事业可以像科学事业一样，成为无边界的领域，人在其中可以投入澎拜的想象力。"但他似乎没有就何为真正的伟大的想象力发表过具体看法。我这里不揣浅陋，代他立言，小波九泉有知，必能原谅我的不敬：真正伟大的想象力并不是创造一个神神怪怪的灵异世界，而是创造一个看起来似乎伸手就可以触摸，但事实上又是遥不可及的世界，就像小波所钟爱的男爵柯西莫在树上的生活世界。

文学的"非现实性"必须同时是人类存在的一种"可能性"。小说就是对那些尚未成为"现实性"的"人类存在可能性"的探索和书写。

这样的"小说观"固为昆德拉形诸字面，但我相信，它是昆德拉的，也是卡尔维诺的、王小波的。

最能够代表王小波自己的"文学观""小说观"的作品我觉得应该是他早期的《绿毛水怪》。在一个荒唐的年代，像陈辉、杨素瑶这样的因为永远守护自己"自由奔放的灵魂"从而背负了"复杂"，甚至"下流""反动"恶名的人在现实的意义上是无路可逃的。如果坚持文学的"现实性"，他们最后的结局无非两种，要么被毁灭，要么"泯然众人"。"泯然众人"也是别一种意义上的毁灭，所以也可说他们的结局只有一种。小说果真那么写，那就太令人丧气了。现实是"幽闭"，是"囚笼"，是"噩梦"，小说则应是对囚笼与噩梦的超越。于是在王小波的笔下，包括杨素瑶在内的一群特立独行的人，说他们为了自由也好，为了逃避也好，甘愿到海（水）里去生活，从而像卡尔维诺笔下的男爵柯西莫一样，创造了"超越尘寰的另一种生存形态"。像卡尔维诺一样，王小波也没有把杨素瑶们在海里的生活当成魔幻的灵异事件来书写，而是遵循人可以想象的现实的、日常的逻辑。这些"绿毛水怪"固然特立独行、敢想敢为，却都温文尔雅，说一口流利的普通话，且他们中有诗人和艺术家；甚至他们身上长出的绿毛与"翅膀"也可在生物学的意义上得到解释。他们在海里无远弗届，"美国的五大淡水湖我们去过，刚果河、亚马逊河我们差一点游到了源头。半夜时分，我们飞到威尼斯的铅房顶上。我们看见过海底喷发的火山，地中海神秘的废墟"，但这些跟孙大圣"一个跟斗十万八七里"类的神异无干。看看地球仪就知道，地球上的陆地是隔绝的，地球上的海洋原就是连通的、一体的呀。

一边是绝对的"非现实"，只能存在于像王小波这样的杰出作家的想象与虚构世界里；一边又是绝对的"可能"，别忘了，小说原就应该是对人类存在可能性的探索。正是这样一个"非现实"的海里的生活世界，让我们脚踏实地的地上的世界相形见绌。

真正的好的文学总是有那么一点不现实，而这"不现实"不仅不是文学的"缺点"，反而正是文学存在的一个理由。男爵柯西莫在树上的生活以及杨素瑶们在海里的生活也许在人世间永远不会发生。在人间绝无可能发生的事情于是只好作为人类存在的一种"非现实性"，或者说"可能性"存活于伟大作家的想象与虚构之中。正是这样的"非现实性"，或者说"可能性"偶或照亮我们琐屑、平庸的生活，引领我们反省人性的歧路，永慰我们人生寂寞的长途。

外一章　生命中不能承受之重
────重读萨特《存在主义是一种人道主义》

我20世纪90年代初上大学的时候,"萨特热"已近尾声。然80年代特有的那种"热情",犹存流风余韵。班主任张青运老师是刚毕业不久的南大名教授包忠文的硕士。我还记得我这个乡下土佬儿就是在他那不足十个平方米的单身宿舍里,第一次从他嘴里知道了萨特的名字。他总是把"萨"念成阴平,"特"则依普通话念去声——不像我们老家方言,把这俩字都说成短促的入声——我觉得特别婉转、悠扬,所以学步至今。

那个年代尚属质朴无华,后来越来越多的新奇花样儿那时还想都不敢想。谈恋爱,谈恋爱,那时恋爱真的主要靠"谈"。所以哪怕仅仅是为了谈恋爱,也须读点萨特、叔本华、李泽厚。不然，怎么谈，谈什么啊？！

但等到我把萨特宣示他存在主义哲学的名著《存在与虚无》从图书馆借出，在寝室里满怀激动地翻开，就遭遇了个人阅读史上的第一次惨痛。每个字都认识，联成句子则完全不知所云。说是"如对天书"一点也不是夸张。以后有相当长的一段时间，我没有碰过萨特，也不敢去碰，直到有一天我意外地读到了他的另一本书《存在主义是一种人道主义》。同样意外的是，我竟然读懂了，或者更准确地说，我竟然觉得自己读懂了。这时我才知道，《存在与虚无》是萨特写给学者、专家看的，《存在主义是一种人道主义》才是他写给我们这些不具哲学思维的凡俗之人看的。作为对现实"介入"很深的哲学家兼政治活动家，萨特当然不会满足于自己的哲学只是哲学课堂上的高头讲章。

萨特动念写《存在主义是一种人道主义》这样一本面向普通公众的读物的时候，存在主义在法国正遭遇普遍的误会和非难。据说巴黎的一个老太太，只要在神经紧张的时候嘴里滑出一句下流话，就会为自己开脱说："我敢说我成了个存在主义者了。"《存在主义是一种人道主义》的写作动因就是要澄清公众对存在主义的诸多误会。它原就是关于存在主义的一本辩护之书、"布道"之书。

在萨特看来，存在主义所以是一种"人道主义"，就在于存在主义是一种"使人生成为可能"的学说。存在主义的思想原点是"存在先于本质"的理论。何为"存在先于本质"？要

想弄清楚这个存在主义的基本主张,就得先知道何谓"本质先于存在"。萨特写道:

> 上帝按照一定程序和一种概念造人,完全像工匠按照定义和公式制造裁纸刀一样。所以每一个人都是藏在神圣理性中某种概念的体现。……人的本质又一次先于我们在经验中看见的人在历史上的出现。[1]

萨特举的例子是裁纸刀,我举我们中国人更熟悉的一张桌子吧。对于一张桌子而言,是"本质先于存在",还是"存在先于本质"呢?很显然,是"本质先于存在"。桌子由木匠制成,而在这张桌子还没有被制成之前("存在"之前),关于这张桌子的"本质",它的材料、性能等本质内容已经在木匠的头脑当中"观念地存在着"。所以对于一张桌子来讲,是"本质先于存在"。萨特的意思就是说,如果真如西方传统思想所认为,人是上帝造的,那么人类就太悲催了,因为他跟一张桌子,或一把裁纸刀,就没有什么不同(都是"物"),都是"本质先于存在",因为上帝在把人造成之前,关于人的本质,也已在上帝的头脑当中"观念地存在着"。

萨特的存在主义被称作"无神论的存在主义",萨特是在摧毁了西方传统的"上帝造人"的神话后才建立起自己的理

---

[1] 文中所引用萨特原文均引自《存在主义是一种人道主义》,萨特著,周煦良、汤永宽译,上海译文出版社,1988。以下不再一一注明。

论大厦的。现在好了，人不是上帝造的，那么人就不再是一张桌子、一把裁纸刀；那么人就是自由的，人就是自由；从而，那么人就是"存在先于本质"。萨特写道："首先有人，人碰上自己，在世界上涌现出来——然后才给自己下定义。""给自己下定义"，就是创造自己的本质。一个人拥有什么样的本质，成为什么样的人，完全由人自己决定。萨特有另外一句名言，"懦夫使自己成为懦夫，英雄使自己成为英雄"。懦夫所以是懦夫，不是因为他身上固有某种"懦夫"的本质，而是因为他选择了懦夫的行为；英雄所以是英雄，同样不是因为他身上具有某种"英雄"的本质，而是因为他选择了英雄的行为。萨特写道：

> 人首先是存在——人在谈得上别的一切之前，首先是一个把自己推向未来的东西。

在萨特看来，未来向我们每一个人敞开了无数的可能性；选择让哪一种可能性变为现实性，完全掌握在人自己手里。他继续写道：

> 人是其所不是。

因为人在本质上是一种把自己推向未来的力量，所以，严格讲来，每一个人从本质上讲，都是"他现在还不是的"某个东西——因为他还在发展之中，他尚未完成。萨特充满激情地引用了庞杰的一句名言：

　　　　人是人的未来。

　　三十年前，读到这里时澎拜的心潮，至今历历。和我年龄相仿，现在五十到六十岁之间的人，必能理解萨特的存在主义如何给20世纪80年代的知识界注入了一针强心剂。几千年来，我们的命运，如同脑袋后面曾有过的那根小辫子，一直攥在别人手里。"主体性"所以在20世纪80年代成为一个"热词"，便有着数千年里"主体性"严重亏空的深远的历史与现实背景。高尔泰先生当年有一问，堪称中国知识分子的"天问"，也是无数受难者的世纪之问："为什么自己的命运，要由一些既不爱我，也不比我聪明或者善良的人们来摆布？为什么他们有可能摆布我们，而我们没有可能拒绝？"[1]

　　现在终于有一派哲学以它绵密的逻辑向我们保证，要成为什么样的人，要拥有什么样的人生完全由自己决定——命运完全掌握在自己手里，叫我们怎能不欣喜欢呼，雀跃以迎！

　　与"存在先于本质"的理论紧密相连的是存在主义的"自由选择"学说。人如何"给自己下定义"，或者说，人通过什么"创造自己的本质"，就是通过"自由选择"。人生就是一

---

[1] 高尔泰：《寻找家园》，北京十月文艺出版社，2011，第101页。

系列的"自由选择"的总和。这自然有一个前提，那就是人必须是自由的才行。这在萨特那里丝毫不成为问题。在萨特那里，自由非但不再如通常理解的那样，是人通过努力与挣扎才会抵达的目标或境界；自由成了"人的处境"，因为"人不得不自由"。萨特引用了陀思妥耶夫斯基的一句名言，"既然上帝不存在，一切都是被许可的"。既然上帝不存在，人便是"被抛到这个世界上来的"，一无依傍。因为人是绝对的孤零零，"不论在自己的内心里或者在自身之外，都找不到可以依靠的东西"，于是萨特一语道断：人是自由的，人就是自由。

接下来，就是萨特哲学里，堪称最"严肃"，也最"庄严"的部分："承担责任"学说。因为人是自由的，所以，人的所有选择便都是"自由选择"；所以，人必须承负"自由选择"的后果，或者说，人必须为自己的选择承担责任。

我不得不满怀羞赧地承认，我曾无数次地卖弄过头脑里面装着的这点可怜的"萨特"。

不喜欢这座城市？你是自由的，你可以选择离开啊。你没有选择离开，而是选择继续留在这里，那么你就必须为你的选择承担责任。这座城市的浮华与无序是你必须承负的"选择"的后果。

对这所大学不满意？你是自由的，你可以选择退学啊。你没有选择退学，而是选择继续留在这所学校，那么你就必须为你的选择承担责任。这所大学的颟顸与浅薄是你必须承负的"选择"的后果。

我像鲁迅笔下的阿Q一样,"此后,便得意了很多年",直到有一天,我的心"咯噔"一下子。我原来居住的小区,人员越来越复杂,那年夏天,脏、乱、差已然使得这个小区成为"不适合人类生存"的所在。忍无可忍之下,我找物业理论。物业慢条斯理地说:"没有人硬要留你在这里,你可以搬出这个小区啊。"一句话噎得我半天说不出话来。可不是,我是自由的,我可以搬出这个小区啊。我既然选择留在这个小区,小区的脏乱即是我必须承负的选择的后果。没想到物业的老头也懂存在主义,没准像我一样,也读过《存在主义是一种人道主义》呢。

我心里"咯噔"一下,就发生在这一刻。我好像看到,"现实"的一根小指头正在试图拨动一座看起来庄严宏伟的哲学大厦。

进一步的逻辑演绎则让我悚然而惊。我发现,因为我是自由的,"自由"的我没有选择自杀,而是选择继续生活在这个世界上,则这个世界的所有的不义、不公、愚蠢、败坏,都是我必须承担的"选择"的后果,于是我接下来的"选择"就只能是鲁迅先生一贯反对的"四无"(无不平、无不满、无抱怨、无反抗)。终生以"斗士"自期与自居的萨特先生对他的哲学的这种逻辑后果,该是做梦也想不到的吧。

萨特的"自由"值几毛钱一斤?

何况,说到底,萨特所谓的"自由"果真那么铁定?萨特论证"自由"的逻辑不可谓不严密,语词不可谓不漂亮;只是再严密的逻辑也无法抵消这个世界上过去从来就有，现在仍在发生，将来势必还会继续的母亲和孩子的眼泪。

是的，如你所猜，我想到了电影《苏菲的抉择》。在被送往集中营的路上，纳粹强令苏菲将自己的孩子——一个儿子和一个女儿交出，要把他们送往死亡营。苏菲竭力证明自己出身清白，甚至不惜以自己的美貌去诱惑纳粹军官，希望能留下自己的儿女。纳粹军官告诉她，两个孩子可以留下一个，至于留下哪一个，让苏菲自己选择。苏菲几乎要疯了，她喊叫着，她根本不能作出这种选择。纳粹军官的回答是：那么两个孩子都得死。在最后的时刻，苏菲终于喊出：把儿子留下。

苏菲选择了"留下儿子"，但能说苏菲是"自由"的吗？她的选择是"自由选择"吗？在人类历史的至暗时刻，没有萨特所认定的那种"自由"，当然也就不存在什么狗屁"自由选择"。诚如刘小枫先生所言："当存在的结构因某些人的作恶而在本体论上带有罪恶性时，自由的抉择是不存在的。"[1]

我知道本文的话题太过沉重，努力说点好玩儿的吧。我这辈子算是改不了"以貌取人"的坏毛病了。在看了加缪的照片之后，我在发出"帅得让人窒息"的惊叹之余，对于他跟萨特先生之间的决裂，义无反顾地选择了站在他这一边。此时此刻，我似乎是绝对自由的，我作出的选择似乎是绝对的"自由选择"。但是我果真是"自由"的吗？我作出的选择果真是

---

[1] 刘小枫：《这一代人的怕和爱》，华夏出版社，2007，第28页。

"自由选择"吗？昆德拉在《被背叛的遗嘱》里提出过"往昔之井"的说法，他写道："我们以为在想，我们以为在做，而实际上只是另一个或另一些东西在替我们想与做：远古的习惯，变成了神话的原型，经过一代又一代的延续，获得一种巨大的引诱力，从'往昔之井'遥控着我们。"[1]

若依了昆德拉的"往昔之井"，人类从来就是无往而非"不自由"的，遑论"自由选择"。昆德拉的"往昔之井"可不全然是小说家的想象，它起码有荣格"集体无意识"理论，甚至生物学"基因"研究成果的支持。作为一个"被出生"（所以讲求精确的英语表达"我出生"要用be born被动式）的生命，某种"集体无意识"、某种基因，早在"我"这副肉躯"存在"之前，即已植入我的精神结构之中，它们就像从时间深处——"往昔之井"伸过来的一只只"看不见的手"，操纵着我们的选择，从而拨弄着我们的命运。

人活斯世，可供选择的"选项"是非常有限的。显然，萨特所谓"负责"，一是指人须为"自己"的选择"承担责任"，二是指人须为"自己"的选择"承担后果"。前者（承担责任）伦理上并不是"自明"的，逻辑上也未必总能自洽；后者（承担后果）则是一个既然的事实，或者说既定的命运，人无从脱卸，亦无需证明、提倡与号召。人一直是自己的选择的后果的承受者；人非但是自己的选择的后果的承受者，人经

---

[1] 米兰·昆德拉：《被背叛的遗嘱》，上海译文出版社，2015，第12页。

常还成为别人的选择的后果的承受者和付出者。比如，如果你身处二战时期，那么你就极有可能成为战争灾难的承受者与战争成本的付出者；而战争，显然并不是你的选择。

断断续续写这篇勉强可以称为"思想随笔"的东西的同时，我断断续续读完了斯蒂芬·茨威格的《昨日的世界》。如果要评选历史上最动荡的世纪，则非科学技术突飞猛进的20世纪莫属。科学技术的突飞猛进并没有给人类带来福音，反是使人类陷入更深的野蛮状态，因为两次世界大战都发生在20世纪。战争是政治的结束，更是人类愚蠢、残忍、贪婪与邪恶的证明。让茨威格深感羞耻的是，两次世界大战之前，知识分子多沉浸在一种廉价的乐观主义之中，从而对战争的可能性估计不足；而这种乐观主义，又源自多数知识分子对人类文明与理性估计过高，而对人性的愚蠢与邪恶估计不足。和茨威格一样经历过两次世界大战的爱因斯坦说过一句话，大意是：有两种东西是无限的，一是宇宙，一是人性的愚蠢与邪恶。我对前者并无把握，我有把握的是后者。爱因斯坦的话警示我们后人，人类几千年积累的那点文化与文明，在人性的愚蠢与邪恶面前，是多么不堪一击。

萨特的存在主义或可称哲学史上最"励志"，也最具魅惑的神话，欲让人英雄般的（主动地）为"自己"（其实当然未必）的选择承担全部责任与后果。美则美矣，然非圣贤与圣徒莫办。那些对圣贤与圣徒来说是轻而易举的事情，对于凡俗之人，却可能是生命中不能承受之重。如果说，如哈耶克所言，计划经济是人类"理性的自负",那么,萨特的存在主义可谓人类"意志的自负"。自柏拉图、亚里斯多德以来,人类从来不缺乏对人的"终极问题"求"终极"解决的雄心,然这些雄心建立起来的一座座理论大厦,从整体上来讲,都坍塌了,岂唯萨特的存在主义!

主要参考文献

[1]鲁迅．鲁迅全集[M]．北京：人民文学出版社，2005．

[2]汪晖．反抗绝望：鲁迅及其文学世界[M]．石家庄：河北教育出版社，2000．

[3]钱理群．心灵的探寻[M]．石家庄：河北教育出版社，2000．

[4]陈思和．中国现当代文学名篇十五讲[M]．北京：北京大学出版社，2003．

[5]蓝棣之．现代文学经典：症候式分析[M]．北京：人民文学出版社，2006．

[6]杨义．中国叙事学[M]．北京：人民出版社，1997．

[7]谭桂林．长篇小说与文化母题[M]．长沙：湖南师范大学出版社，2002．

[8]宋剑华．基督精神与曹禺戏剧[M]．长沙：湖南师范大学出版社，2000．

[9]宋剑华．百年文学与主流意识形态[M]．长沙：湖南教育出版社，2002．

[10]王安忆．心灵世界——王安忆小说讲稿[M]．第2版．上海：复旦大学出版社，2007．

[11]夏志清．中国现代小说史[M]．刘绍铭，等，译．桂林：广西师范大学出版社，2014．

[12]许子东．许子东现代文学课[M]．上海：上海三联书店，2018．

[13]余斌．张爱玲传[M]．北京：人民文学出版社，2013．

[14]孙绍振．审美阅读十五讲[M]．北京大学出版社，2013．

[15]王德威．想像中国的方法：历史·小说·叙事[M]．北京：生活·读书·新知三联书店，1998．

[16]吴晓东．从卡夫卡到昆德拉：20世纪的小说和小说家[M]．北京：生活·读书·新知三联书店，2003．

[17]刘小枫．这一代人的怕与爱[M]．增订本．北京：华夏出版社，2007．

[18]米兰·昆德拉．被背叛的遗嘱[M]．余中先，译．上海：上海译文出版社，2015．

[19]弗洛伊德．精神分析引论[M]．高觉敷，译．北京：商务印书馆，1984．

[20]丁辉．爱是难的[M]．桂林：漓江出版社，2014．

[21]丁辉．让人性明亮丰盈[M]．北京：中国文史出版社，2021．

后记

虽为学院中人，我却长期被指为"文人"，而非"学人"，有人戏称我为"创作型选手"。虽说我也有近百万字的写作的量，但所写多不被认为是"科研成果"。出过两本书，也多为所谓"创作"的结集，而非严格意义上的"学术"专著。在越来越讲求规范化的学院，我的身份可说一直是尴尬的。年终考核科研，为仨瓜俩枣，奔谒、请托，每每算尽机关、赔尽笑脸。

要之，我自己对身上的"文人"标签也是排斥的。有学生在毕业论文的"致谢"里，说我是"文人范儿"，让我不禁悲从中来，复羞从中来。什么狗屁"文人范儿"，"文人无行"

罢了。老家方言里有一词,叫"二五潮神"。若是为"二五潮神"取一普通话的学名,我看毋宁就叫"人格结构性缺陷综合征"。我觉得,国语中找不到一个词,能像"二五潮神"一样,准确地传神写照什么叫"文人无行"。为"文人"数十年,被我"二五潮神"中得罪和伤害的人何其多也;当初自然不觉得,年龄渐长、身体渐衰之际,却于记忆的深处浮现,那竟是一串长长的名单。多少回了,午夜惊觉,悚然而惧,而愧,而悔。往者不可谏矣,来者尚可追乎?

我厌恶"二五潮神";我于学人的博洽、周致、勤慎、谨重、节制、耐烦、沉潜……虽不能至,追慕之心,未尝稍泯。

为摆脱自己的"文人"身份,实现向"学人"身份的转型,2021年岁次辛丑,我竟然以过五之年,"发疯"考博,差点成就我所供职的学院"老年"励志的神话。其时大宝正读高三,二宝刚上幼儿园,奔波、劳碌的滋味,有过陪读和带娃经验的人,方能因身受而感同。英语单词本就搁在副驾驶座上,真的是连等红灯的间隙都用上了;花二十块钱把二宝放入大润发超市的游乐场,我就在游乐场家长等候区的长凳上做完了三套考博英语的阅读理解题——那时眼睛还没有出问题。

后来,神话最终成为笑话,我以英语七十分的高分,遭博士遴选淘汰。再后来,不到两年,眼睛就出了问题,让你不得不佩服拒我于门外的那所大学的先见——过了五十岁还读博,可是真敢想啊。

我现在正在写的是我的第三本书的后记。与前两本相比,这第三本书算是有了"学术"的模样，然仅仅是"有了个学术的模样"而已；非唯不能告慰我的"学人"梦，只让我频添惭恧。

本书系根据我近二十年任教"现代文学""现当代小说研究"诸课程之余写下的教学札记和教学随笔整理而成。书中篇什多写于我的不堪回首的"文人"期，成书前，虽加涤荡，犹未能脱尽文人气息；因源自课堂讲授，难免率意发挥，感性有余，深度的理性掘进显有不足；亦因源自课堂讲授，于他人的成果难免参考、挪用，成书时已尽量一一注明出处，但必还有"遗珠"之憾，此诚非敢掠美。两门课上了近二十年，哪些是参考了别人，哪些是我自出机杼，已然难分难解。说得好听一点，如盐入水，化于无形，已难于一一析出也。

感谢宿迁学院文理学院于经费支绌的情况下的慷慨资助，感谢北岳文艺出版社提供出版机会，感谢批评家、出版策划人向继东先生。我与向公神交二十余年，于我提携、扶植，其实已不可言谢。感谢责任编辑谢放先生的智慧与辛劳。感谢课程组张春红教授、魏蓓博士、王思侗博士，本书中在在可见集体智慧的闪光。整理书稿电子版时，李秀红教授教会我如何使用分页符，王梅老师教会我每页脚注的排序，一"技"之惠，未敢即忘。

要特别感谢王东博士，在本书从无到有的各个环节助我升华，不厌其烦，不遗余力。王东博士是典型的学人，他的博洽、周致的学见、学风与特别能耐烦的品格，常能映照出我文人"皮袍"底下的"小"来。然就是这样的一个我素所服膺的人,也没少被我的"二五潮神"伤害。王东博士此时正在齐鲁访学,天高地远,我只好因风寄意,遥致我的感激、追悔与祝愿。

我还在告别"文人",走向"学人"的路上踉跄而行。我寄望于自己能写出一本无愧于我心目中"高大上"的"学术"二字的著作;不希图名,不希图利,不为职称,不为考核,只为对自己"有所交代"耳。而这,只能"以待将来"了。

丁辉

甲辰仲夏于古黄河畔寸步斋